빈 손가락에 나비가 앉았다

박지웅
시집

빈 손가락에 나비가 앉았다

박지웅
시집

도서
출판 북인

시인의 말

물방울 속으로
나비가 들어갔다
물방울을 문지르다
손가락에 나비가 앉았다
인연因緣이다
인연人戀이다

2016년 10월

시집을 복간하게 되었다.
아무 득 없는 일임에도 다시 하늘을 볼 수 있게
도와준 도서출판 북인에 고마움을 전한다.
새 옷으로 갈아입고 나온 세상,
두부 한 모 값어치는 하려나 걱정이다.

2019년 가을

차례

3부

1부

인연人戀

빈 손가락에 나비가 앉았다
손가락이 피었다

망치와 나비

　물 한 방울 없이 새로운 종을 불러일으키는 것이 어디 쉬운 일이겠는가 탕, 탕 망치로 나비를 만든다 청동을 때려 그 안에 나비를 불러내는 것이다

　청동은 꿈틀거리며 더 깊이 청동 속으로 파고들지만 아랑곳하지 않는다 망치는 다만 두드려 깨울 뿐이다 수없는 뼈들이 몸속에서 수없이 엎치락뒤치락한 뒤에야 하나의 생은 완전히 소멸하는 것

　청동을 붙들고 있던 청동의 손아귀를 두드려 편다 청동이 되기까지 걸어온 모든 발자국과 청동이 딛고 있는 땅을 무너뜨린다

　그러자면 먼저 그 몸속을 훤히 읽을 줄 알아야 한다 단단한 저편에 묻힌 심장이 따뜻해질 때까지, 금속의 몸을 벗고 더없이 가벼워져 꽃에 앉을 수 있을 때까지 청동의 뼈 마디마디를 곱게 으깨고 들어가야 한다

　탕, 탕
　짐승처럼 출렁이던 무거운 소리까지 모두 불러내면 사지

를 비틀던 차가운 육체에 서서히 온기가 돌고 청동이 떠받
치고 있던 청동의 얼굴도 잠잠하게 가라앉는다

그렇게 오랫동안 두드리면 청동은 펼쳐지고 그 깊숙한
데서 바람 소리가 나기 시작한다 금속 안에 퍼지던 맥박이
마침내 심장을 깨우는 것이다

비로소 아 비로소 한줌의 청동도 남아 있지 않은 곳에서
한 올 한 올 핏줄이 새로 몸을 짜는 것이다 그 푸른 청동의
무덤 위에 나비 하나 유연하게 내려앉는 것이다

빗방울 장례식

떨어진 빗방울들이 육신을 모으고 있다
흩어진 손톱들을 찾아 주섬주섬 손가락마다 붙이고
연잎에 떨어진 눈망울을 공들여 끼워 넣는다
눈을 가진다는 것은 눈물을 보일 수 있다는 것
이제 비는 눈을 뜨고 처음으로 비를 바라본다
세상의 모든 가족은 유족이니
우리 슬픔에 언제나 젖과 꿀이 흐르는 까닭을 알리라
눈물을 보였을까, 꽃향기 배었을까
그것들이 뻐근하게 맺히면서 갈비뼈를 이루자
비는 곧장 개울로 흘러가 오랫동안 무릎을 다듬었다
그리고 몸을 일으키자 마침내 풍경이 펼쳐졌다
봄이었다, 빗방울들이 나지막이 땅을 두드려
오래전 숨진 꽃들의 뼈를 맞추어 일으키고 있었다
노래들, 지구와 똑같은 무게로 존재하는 꽃들
날 저물도록 제 가슴을 꽃 위에 쓸어내리는 비들
저 비들은 희망보다 오래되었으니 오래 사느니
이 땅의 모든 무덤에서 비의 유적을 발견하리라
그렇게 날이 개자 비는 다시 손톱을 빼고
무릎을 꿇어 갈비뼈를 하나씩 땅에 묻었다
연잎 위에 눈빛 하나 올려두고 떠났다

은어밥

은어 세 마리
솥밥에 머리 박고 있다
아가미까지 묻고
오래 속삭인다

은어의 숨을 들이마신 솥밥에
수박 향이 돈다
향은 은어의 은어隱語에서 난다

은어들이 밥물에 배를 비비고
산란을 시작한다

흰 김 속에
생의 마지막 뜸이 들고
몸에
고슬고슬한 은빛이 돈다

세 마리 은빛 물고기
둥근 밥 속을 헤엄치고 있다

나비평전

태풍 나비의 사체가 떠다니는 공중
바닥에는 가늘고 어두운 잔뼈들이 흩어져 있었다

먼 바다에서 태어나 잔뼈가 굵은 꿈이 있었다
눈 하나 뜨고 구만리를 왔으나
꽃에 앉을 힘도 없이 너울너울 떠내려가는 나비

어두운 며칠, 나는 쇠잔하였고
곤두박질치는 고공과 구름으로 흐린 목숨뿐이었다

나는 어리석게도 오래 비통할 자신이 있었으나
먼 바다 가운데 있는 화단으로 갈 수 없었다

먼먼 산 너머에 박혀 있는 서쪽에서
누구도 만질 수 없는 동쪽까지 길게 퍼져 있는 분향

높은 곳에 죽어 있는 나비는
가끔 빗방울로 제 주검을 하늘부터 써내려갔다

태풍의 사체가 떠다니던 싸늘한 세계
그 며칠, 물로 된 나비들이 날아다니곤 했다

심금心琴

그때는 눈앞이 캄캄했다
이후, 한 팔을 잃은 연주자는
남은 팔을 자주 꿈속에 집어넣었다
악몽에 자꾸 손이 갔다
도로에 떨어진 팔을 찾아
꿈의 꿈속까지 들어가 뒤졌다
만질 수 없는 것을 만지고 싶을 때
기댈 곳이 꿈밖에 없었다
가끔 새소리를 좇다 기묘한 길로 들어섰다
꿈의 밑바닥에서 자란 넝쿨을 타면
나뭇잎에 붙어 있던 새소리가
까마득한 아래 소리의 묘지로 떨어졌다
한 손으로 팔의 무덤을 헤치자면
여지없이 땔감보다 못한 썩은 팔이 나왔다
그렇게 한참 끌어안고 있으면
죽은 팔이 마음속으로 밀려들었다
하룻밤 하룻밤 또 하룻밤
마음은 말할 수 없는 것을 모아
만질 수 없는 것을 만들었다
이제 숨을 불어 넣자 가늘게 소리가 눈을 떴다

연주자는 없는 팔로 악기를 들었다
불행 없이는 울리지 않는 악기가 있다

늑대의 발을 가졌다

눈밭에 찍힌 손바닥이 늑대 발자국이다
나는 발 빠르게 손을 감춘다

손가락이 없으면 주먹도 없다 주먹이 없으니 팔을 뻗을
이유가 없다 한 팔로 싸우고 한 팔로 울었다 한 팔로 사랑
을 붙들었다

내가 바란 것은 그런 것이 아니다
두 주먹 꼭 쥐고 이별해 보는 것, 해바라기 꽃마다 뺨을
재보는 것, 손가락 걸고 연포바다를 걷는 것, 꽃물 든 손톱
을 아껴서 깎는 것, 철봉에 매달려 흔들리는 것, 배트맨을
외치며 정의로운 소년으로 자라는 것

내 손가락은 너무 맑아서 보이지 않는다, 내 손가락은 나
이를 먹지 않는다

여기서 시는 끝이다, 앞발을 쿡쿡 찍으며 늑대의 발로
썼다
아래는 일기의 한 대목이다

옷소매로 앞발을 감춘 백일 사진을 무화과나무 아래에서 태웠다 뒤뜰로 가 간장단지를 열고 손을 넣어보았다 손가락이 떠다니고 있었다, 고추였다, 뼈 없는

어미 자궁에 네 발의 총알로 박혀 있을 손가락들, 어미의 검은 우주를 떠돌고 있을 나의 소행성들, 언젠가는 무화과나무 위를 지나갈 것이다

손가락들이 유성처럼,

별방리 오로라

별방리 밤하늘은 비옥해 당신과 도망가 살기 좋을까

햇볕 한 톨 빗방울 하나
다 거두어 곡식으로 키우는 양지들의 저녁

당신이 글썽였다,
집이라는 말은 저녁에 가장 예쁘다고 말하려다

나는 잠자코
만지던 노을을 수면에 내려놓았다

달다리봉峰에서 뛰어내리면 저 천체에 밀입국할 수 있을까

당신은 주전자 흔들며 정씨주막에서 막걸리를 받아오고
나는 별들의 대장간에 취직해 물병자리를 두드리고

그러면 어떨까
삼백 년 느릅나무 아래 바둑알처럼 놓였을
밤과 낮들을

그러면 어떨까

골짜기와 봉우리에 채비 마친 꽃들,
밤하늘에 돛을 드리우는 별밭리에서 우리,

팥죽 한 그릇

동지 저녁, 어미는 손바닥 비벼 새알을 낳았다
그것을 쇠솥에 넣고 뭉근히 팥죽을 쑤었다
나무 주걱 뒤로 스르르 뱀 같은 것이 뒤따르며
새알을 물고 붉은 성간星間 사이로 숨어들었다
솥 안에 처마 끝과 별과 그늘이 여닫히며 익어갔다
부뚜막 뒤를 간질이며 싸락눈 사락사락 나리고
나는 어미 곁에 나긋이 새알을 혓바닥에 품고
다시 이를 수 없는 따뜻하고 사소한 밤을 염려하였다
명주실 몰래 묶어놓을 데 없을까
뒤뜰 장독간 호리병처럼 서 있는 밤하늘을 보며
먼먼 전설에 귀를 세운 것이다
바람 드는 부엌문에 서서 공중을 두리번거리다
하얀 마침표 하나 눈동자에 떨어져 그만 놓쳐버린 집
어느 동짓날 팥죽 한 그릇 받고 사소한 것을 쓰느니
대문간이며 담장이며 낮은 기와로 번지던 붉은 실핏줄들
따뜻한 여러 마리 새들이 호록호록 태어나던 그 손

우리 엄마

엄마는 쥐구멍이었다
나 살다가 궁지에 몰리면
언제나 줄달음치는 곳
어떤 손아귀도 들어올 수 없는
운명도 멈추어 기다리는 곳
신도 손댈 수 없는 성지
파괴되지 않는 끄떡없는 벽이었다
나 살다가 길 잃으면
예서 다시 고개 내밀라고
가슴 오려 쥐구멍으로 살았다
볕 들 날도 없이
엄마는 마지막 한 방울까지 엄마였다

어깨너머라는 말은

어깨너머라는 말은 얼마나 부드러운가
아무 힘 들이지 않고 문질러보는 어깨너머라는 말
누구도 쫓아내지 않고 쫓겨나지 않는 아주 넓은 말
매달리지도 붙들지도 않고 그저 끔벅끔벅 앉아 있다
훌훌 날아가도 누구 하나 모르는 깃털 같은 말
먼먼 구름의 어깨너머 달마냥 은근한 말
어깨너머라는 말은 얼마나 은은한가
봄이 흰 눈썹으로 벚나무 어깨에 앉아 있는 말
유모차를 보드랍게 밀며 한 걸음 한 걸음
저승에 내려놓는 노인 걸음만치 느린 말
앞선 개울물 어깨너머 뒤따라 흐르는 물결의 말
풀들이 바람 따라 서로 어깨너머 춤추듯
편하게 섬기다 때로 하품처럼 떠나면 그뿐인 말
들이닥칠 일도 매섭게 마주칠 일도 없이
어깨너머는 그저 다가가 천천히 익히는 말
뒤에서 어슬렁거리다가 아주 닮아가는 말
따르지 않아도 마음결에 먼저 빚어지는 말
세상일이 다 어깨를 물려주고 받아들이는 일 아닌가
산이 산의 어깨너머로 새 한 마리 넘겨주듯
꽃이 꽃에게 제자리 내어주듯

등 내어주고 서로에게 금 긋지 않는 말
여기가 저기에게 뿌리내리는 말
이곳이 저곳에 내려앉는 가벼운 새의 말
또박또박 내리는 여름 빗방울에게 어깨 내어주듯
얼마나 글썽이는 말인가 어깨너머라는 말은

서큐버스

신도림역에서 애인의 침대로 갈아탈 수 있다
지하철에서 침대로 환승하는 이 구조에 놀랄 일은 없다
참 많이들 드나드는 곳이니 뭐 대수겠는가
누구든지 올라타면 목적지까지 갈 수 있다

애인은 종이처럼 쉽게 불붙는 입술을 가졌다
아래쪽은 생각마저 들어서면 뜨거워지는 곳으로
예민하지만 보통은 죽은 쥐처럼 붙어 고요하다
바로 애인이 시작되는 곳이다
그곳을 문지르면 애인은 찍찍거린다

희한한 일도 아니다 가랑이에 대고 피리를 불면
애인의 애인들이 나온다, 찍찍거리며
인물은 애써 무덤덤한 말투로 넉살을 부린다
역시 이곳에는 쥐가 많군
사랑하는 서큐버스, 당신이 죽으면 지하철에 앉혀둘게

인물은 쥐 떼를 다른 꿈에 버릴 생각이다
물오른 육체에서 쏟아져 나온 시끄러운 쥐들
더럽게 찍찍거리는 애인의 정부情夫들을 이끌고 나서는

이 새벽은 세상이 만든 조잡한 불량품이다
문 앞에 버린 거울, 그 안에 처박아 함께 버린 하늘
땅에 떨어진 아이스크림처럼 더러운 구름이 붙어 있다
구름 위에 벽돌을 얹고 지근지근 밟는다
지하에 떠 있는 하늘은 무용지물이다
저 쥐새끼들에게도 아무 상관없는 일이다
어차피 볕들 날은 오지 않을 테니

악몽에서 악몽으로 환승하는 지하도
꼬리에 꼬리를 문 긴 난동의 악보가 꿈길을 덮고 있다
여기에 이것들을 풀어놓은 자는 그대인가 나인가

아, 모든 밤의 여행지는 몽마夢魔의 침실로 통하고
신도림은 악몽의 환승역
수군대고 찍찍거리는 승객은 모두 아는 얼굴들
가깝거나 낯익은 얼굴이 악몽의 온상이니
보라, 악몽은 실체를 경유한다

인물이 신도림에서 피리를 분다
얼굴들이 몰려온다

그림자들이 찍찍거리며 뒤에 따라붙는다
인물은 길어지고 늘어지고 본인에서 멀어진다
얼굴이 얼굴을 갈아타고 퍼져나간다
인물은 번식하고 애인은 번성한다

노을다방

다방에 손님이라곤 노을뿐이다
아가씨들이 빠져나가고 섬은 웃음을 팔지 않는다

바다일 마친 어부들이 섬의 현관에 벗어놓은 어선들
다방 글자가 뜯어진 창으로 물결이 유령처럼 드나들었다

노을이 다방에서 나와 버려진 유리병 속으로 들어간다
몸을 가진 노을은 더 아름답다

스트라이크

나는 열 개, 볼링 핀처럼 나는 열 개, 볼링공은 굴러오고 나는 팔다리도 없이 하얗게 서서 웃지

공중을 굴러온 태풍처럼 휘어져 들어오지, 나는 우당탕 튕겨 날아가 나를 때려 넘기지, 나는 열 개, 나는 소리가 좋지, 나는 누워서 웃지, 이것은 내 잘못이 아니지

피 한 방울 없이 죽어 나자빠지는 나는 육체가 아니라 형체, 나는 나의 모형들이지
나는 열 개나 웃지, 내 옆에 배치된 나, 내 뒤에 배치된 나, 나는 집계되지, 나는 그냥 머릿수지, 나는 나의 형제들이지

나는 몇 개 남지, 이빨 빠진 입처럼 나는 웃지, 나는 용서받지 못하지, 깨끗하게 치워지지, 나는 모두 뒤에 모여 웃지

쓰러진 나는 세워지지, 일으켜 세워야 다시 때려눕힐 수 있지, 뒹굴면서 웃지, 웃는 나는 열 개나 있지, 나는 뼛속까지 통쾌하지, 두개골 깨지게 웃지

나는 고정되지, 나는 운신할 수 없지, 볼링공은 언제나 굴러오고 커지지, 나는 관대하게 웃지, 경쾌하게, 나는 박수칠 준비가 되어 있지

나는 나는이라는 셀카를 찍는다

나는 카페에 속하고 서울에 속하고
지구 북반부에 속하고
콩알만 한 지구는 태양계에 속하고
태양계는 은하에 속하고
우주에는 이런 은하가 이천억 개
고로, 나는 먼지에 속한다

먼지가 되니 비로소 나의 인력에서 멀어진다
지금이라는 중력에서 벗어나 나는 곧장 날아간다
카페에서 은하 중심까지 2만5천 광년

아, 나는 은하의 변방이다
은하에 있지만 나를 관측할 수 없다
은하의 물가에 종적도 없다
나는 도무지 나를 주장할 수 없다
이 우주에 나는 도래하지 않은 위치다

먼지 같은 하늘과 땅에서
먼지의 먼지의 먼먼 후대로 나타나
먼지와 백년가약을 맺고

먼지를 낳고 기르고 먼지의 장례를 치르는 일
먼지를 붙들고 울고 웃는 일
먼지의 가르침조차 모두 먼지일 뿐

우주를 건넜다
돌아오니, 나에게 안착할 수 없다
나에게 도착할 수 없다
먼지의 나에게 발 올릴 수 없다

나는 카페에서 나는이라는 셀카를 찍는다

나는 찍히지 않는다
나는 발견되지 않는다

활활

죽은 자의 귓속에 솜을 밀어 넣을 때
봄비가 죽은 듯 내리고 있었다
귓속으로 몇 방울 빗소리가 들어가는 것을 보았으나
모르는 척 남은 귀를 막았다
일생 독신이던 그가 죽어 비로소 맞이한 첫날밤
신부가 빗소리면 어떠랴, 하늘이 맺어준 짝
빗소리가 심장에 떨어졌는지 얼굴에 화색이 돌았다
숨 멎을 듯한 기쁨을 죽어서야 누리다니
활활, 그가 타오르는 법을 배우는 동안
우리가 흙이라는 고전을 숙연히 묵독하는 동안
봄비는 겨울나무들의 굳은 뼈를 문지르고
까마귀들은 깊은 동굴에서 환하게 울고 있으리라
흰 천을 씌워주고 일어나 뒤로 물러난다
그는 몇 방울 단꿈에 젖을 것이다
어떤 말도 없이 죽은 듯 사랑만 할 것이다
죽은 뒤, 사흘 동안 살아서
활활

안녕을 안경이라 들을 때

너는 안녕이라는데 나는 안경이라 듣는다

너는 안경을 안녕으로 바루어 주고
나는 안녕을 다시 안경으로 고쳐 쓴다

안 보여? 너는 눈썹을 모은다
네가 내 흐린 안경알을 문지르는 동안
우리 사이에
사이가 불편한 자세로 앉아 있다

안경을 끼니 안녕의 세계가 선명해진다
네가 없는 것이 눈에 들어온다
안경의 세계와 안녕의 세계는 얼마나 다른가
나는 처음 보는 세계로 들어간다
앞길이 보이지 않는다

안녕이 자꾸 콧등으로 미끄러져 내린다
나는 안녕을 끼고 안경을 닦고 있다

2부

습작

오래도록 첫 줄을 쓰지 못했다
첫 줄을 쓰지 못해 날려버린 시들이
말하자면, 사월 철쭉만큼 흔하다
뒷줄을 불러들이지 못한
못난 첫 줄이 숱하다
도무지 속궁합이 맞지 않아
실랑이하다 등 돌린 구절도 허다하다
첫 줄은 시월에 떠난다
하늘가에 흐르는 물결 소리
기러기처럼 날아가는 아득한 첫 줄
잡으려 하니 구부러지는 첫 줄
읽으려 하니 속을 비우는 첫 줄
하늘을 통째로 밀고 가는
저 육중한 산줄기
오랫동안 그 첫 줄을 잊지 못했다

꽃들

피를 빠는 꽃이 있다

꽃에게 목덜미를 물린 사람은
해를 넘지 못하고 이듬해 꽃이 되었다

입술 안에 입술이 난
사람을 먹어치우는 꽃이다
입술을 활짝 열고 신발만 내뱉는
이 꽃의 서식지는 사랑이다

발목을 무는 꽃이 있다

땅에 기어 다니는 이 꽃은
혓바닥이 갈라져 말이 오락가락한다

이 꽃에 물리면 꿈에서 빠져나오지 못한다
몸속에 한번 꽃의 피가 섞이면
절룩거리며
꿈에서 꿈으로 옮겨 다녀야 한다

터널

땅은 어둠이란 걸 몰랐다
원래 땅에는 오로지 땅뿐이었다

속을 파내자 땅에 눈이 생겼다
땅이 비로소 어둠을 본 것이다

시력이 생기고부터
눈먼 것이 무엇인지 알게 되었다

땅은 괴로웠다, 칠흑이 드나드는 것이
빛이 드나들면서 괴로운 방향들이 생겼다

어둠을 바깥으로 몰아낼 수 없었다
불빛이 도무지 물러나지 않았다

땅에 안팎이 생기고
땅은 땅에게 다가갈 수 없었다

좀비극장

첫 장면이 죽여요 비명에서 아름다운 맛이 나요
몸부림칠수록 침이 고여요 먹지 않을 때
우리 입은 절규하듯 열려 있어 이 마을 저 마을 습격해요
닥치는 대로 물어뜯어요

감염된 슬픔은 사후에 명랑해져요 어깨 뒤틀고 되살아나
건강하고 이 유쾌한 사후세계를 환영해요
우리는 두 팔을 앞으로나란히 하고 걸어다녀요 구령은
뒤에서 들리지요 사실은 위에서 내려와요 솔직히 속이 뒤
틀려요

앞서 걷는 당신이 어깨를 들썩여요 당신이 흐느끼는 순
진한 이유를 알아요
그는 살았을 적 탐욕이 많았어요 먹는 것을 부끄러워하
면 안 돼요 식욕은 자연스러워요
먹고 먹히는 어른들의 세계는 단순해요
죽음의 발육이 시작되는 아귀의 동굴에서 우리는 먹으러
왔어요, 비틀거리며 서로 뱃속으로 들어가요

끝 장면이 또 죽여요 앞자리 여자가 휘익 돌아봐요
나는 뒤에 있다가 갑자기 앞이 되요

박쥐와 사각지대

피는 그의 유일한 산책로다
피는 이 어둠을 건너가는 가장 아름다운 지름길, 그는 다
만 맛있는 피를 믿을 뿐이다

그는 신을 믿지 않지만 가끔 예배당에 들러 신의 근황을
듣는다 이곳으로의 산책은 늘씬한 목자가 인도하면서부터
시작되었다
빛이 지나치게 많은 곳이었으나 다행히 웅크리고 있으면
말씀은 잘 지나갔다

정말 신이 있다면 참 성가신 이웃이 되었을 것이다

한때 그는 부처를 따랐으나 지금은 자비심을 버렸다
자비는 새겨듣기에 좋았으나 불편한 것이었다
피도 살도 없는 이야기에 피 같은 시간을 낭비했다

이번 생은 지독히 운이 없다, 목자는 애인이 있다, 애인
은 바나나처럼 매끈하고 차다

그는 쥐로 있다 혹은 새로 있다, 이것이면서 저것인 채

망설이다 종결된 생명의 사각지대
　그는 궁금한 곳마다 혀를 집어넣는다 그리고 깨달은 바,
가장 비참한 것은 희망보다 오래 사는 것
　추억으로 이루어지는 대화는 불행해진다
　희망은 가장 나중에 죽는다고 떠들던 자는 죽었다
　쥐도 새도 모르게

　그는 다만 맛있는 피를 믿을 뿐이다
　새를 먹고 몸이 가벼워진 뒤로 이 생에 더 바랄 것은 없다

　아무것도 없다, 살고 있다는 것은

타인의 세계

해골가족이 손가락뼈를 맞추고 있다
아이 턱뼈가 빠지자 아빠가 늑골을 덜거덕거리며 웃는다
함박웃음은 늘 골칫거리다
터진 웃음을 견디지 못한 엄마가 무너지고
아빠는 유골을 더듬어 하나하나 뼈를 맞춘다
뼈가 붙은 엄마는 벽을 잡고 일어나
아이부터 껴안는다, 비록 품은 없지만 곁은 있다
해골가족은 애 태울 일도 속 썩을 일도 없다
창자도 쓸개도 내놓은 덕분에 이만큼 산다
아빠의 입에서는 더는 독한 술내가 나지 않는다
세상을 뼛속까지 이해한 뒤로 아예 속 비우고 산다
이 집의 모든 것은 뼈다귀로 이어져 있다
시린 뼈로만 엮은 울타리 아래 해골을 드는 해바라기
연못에 가라앉은 붕어들이 구천을 떠도는 곳
그래도 낙은 있다 땅거미 지고 달의 눈알이 차는 밤
빈 얼굴에 진흙을 겹겹이 바르면
아이 얼굴에 솜털이 나고 생기가 돌기 시작한다
엄마는 그 빛나는 몰골을 들고 거울 앞에 서서
눈썹을 그리고 새로 돋아난 손톱에 매니큐어를 칠한다
의젓하게 다리 꼬고 앉아

아빠는 뼈대 있는 집안의 가장이 된다
가족은 오랜만에 지하에서 올라와
그림자를 마당에 힘차게 자랑스레 늘어뜨려 본다
그러나 그것은 곧 시작된다
달에 검버섯처럼 구름이 피고 마른 귀 하나 떨어진다
동그랗게 뚫린 흑점 같은 눈 속으로 찬바람이 불고
가족은 해골로 돌아간다
아침이 밝아온다, 태양이 뼈다귀 사이로 떠오른다
손은 있지만 손바닥은 없어진다
발은 있지만 발자국은 없어진다
세상과 저세상 사이에, 생가와 폐가 사이에 타인이 산다
덜거덕, 덜거덕거리는 이를 악물고

불타는 글자들

도서관에는 쓸데없이 많은 정숙이 근무하고 있다
시민은 그들을 선량한 직원으로 여기지만
사실 그들은 국가에서 심어놓은 비밀요원이다
바닥에 매설된 요원 사이를 통과하지 못한 자들
힘차게 걷던 한 시민의 발목은 화단에서 발견되었다

보라, 우리가 국가를 불렀을 때
국가는 우리에게 와 꽃이 되어 주었다
캄캄한 꽃, 침통한 꽃이 피어 있는 국가
국가의 지하에서 자란 꽃들이 낭자하게 피어 있는 사월
깨어진 글자들이 유리조각처럼 깔려 있는 사월

우리는 격실에 갇혀 서로에게 안부 묻고 호출하였으나
정숙에 적의를 드러내지 않은 것은 치명적인 실수였다
사월에 국가는 묵음이었으니
사월에 국가는 침대에 누워 꽃이나 피웠으니
이제 누가 창 깨고 들어가 침몰한 사월을 인양할 텐가

소곤거리는 사이에 정숙은 어김없이 나타나
엄숙하게 경고하고 바닥에 매복한다

경솔하게 움직이지 마라 제자리 지키고 지시에 따르라
아, 살아 있는 것이 움직이는 것이 아니라
움직이는 것만이 살아 있는 것이다
불타는 글자를 종이컵에 담고 나는 행진한다
적막이 낭자한 이 사월에

물금역 필름

한번은 내 뒤를 밟았다
나는 나를 보고 있었으나 나는 나를 보지 못했다

나는 갈대밭에 애인을 세우고
카메라에 흑백필름을 장전하고 있었다

찰칵,
실패를 누를 때마다 애인의 입술은 뻣뻣하게 굳었다
미소를 지적하자 애인은 피곤한 듯 일어서고
돌탑에 올린 불안한 돌처럼 입술이 떨어졌다
급히 주워 올렸으나 이미 삐뚤어져 있었다

찰칵, 찰칵,
실패의 방아쇠를 당길 때마다
물금역 위로 납작하게 접어들던 구름도
수양버들 밖으로 솟구치던 새들도
모두 돌이 되고, 떨어졌다

나와 애인은 입술을 주워들고 기차에 올랐다
쓰다듬었으나 온기가 돌지 않았다

현상한 애인은 금세 푸석해지고 돌가루가 떨어졌다
나는 부서진 입술을 호주머니에 넣고, 질끈
엄지로 눌렀다

나는 나를 보고 있었으나 나는 나를 보지 못했다
내 등을 쓸어줄 수 없었다

안개의 식생활 1
— 여자

안개 속에서 머리 감은 사람의 영혼은 육체를 찾다가
끝내 무덤을 뒤지게 된다

안개의 식생활에 대해 알려진 바는 거의 없다
안개를 아는 것은 냉장고를 여는 것처럼 쉬운 일이 아니다
다만 그가 꼼꼼한 우울의 설계자라는 것과
연령을 알 수 없는 백색의 철학자라는 것
손바닥도 손등도 없이 부르는 어렴풋한 안내자라는 것

안개 낀 날, 어깨에 기대는 것은 위험하다
누군가에게 어깨를 빌려주는 것은 더 위험하다
그것들이 어깨에 있으므로
창백한 의자에 앉아 백색의 입술로 안개는 속삭인다
너는 우리를 보았구나

홀린 처녀가 깃털처럼 가벼운 아이를 얻었을 때
안아든 아이는 축축하고 비어 있었다
산 것과 죽은 것이 관계하여 얻은 아들이었다
그날로 여자는 저편의 벽에 몸을 던졌다
가끔 안개가 아이를 찾아와 젖을 물렸으니

어떤 우울은 진화하여 안개가 된다

안개의 식생활 2
─춤추는 문

저 흩어지는 출구를 사람들은 生이라고 불렀다

안개 속에 그물을 던진 어부들이
괴이한 물고기를 건져 올렸으니 꿈이라 하였다
서둘러 뱃머리를 돌렸으나
출구를 찾는데 꼬박 사흘이 걸렸다
안개와 사흘 낮밤을 보낸 어부들은
알아들을 수 없는 언어를 퍼트리며
자욱한 얼굴로 병풍 속을 돌아다녔다

안개 낀 날,
사람들은 못을 박거나 그림을 걸지 않았다
맥없이 저편으로 떨어진 못과 그림은 찾을 수 없어
그려놓은 그림이 뚝뚝 떨어지는 저 화폭을,
가지도 없이 피고 진 꽃들의 공터를,
사람들은 生이라고 불렀다

비단 안개가 모호한 늪으로만 이루어진 것은 아니었다
때로는 발길질 할 수 있는 고운 문짝이 있었고
썩은 발판을 이루었다가 떨어뜨리기도 하였다

손에 한줌 비명을 움켜쥐고 그들은 여백으로 떨어졌다

안개는 세상이 그려지지 않은 곳
실은 흰색이 아니라 채색하지 않은 일종의 여백
그리지 않고 그려서 채운 마지막 단추 같은 것

안개의 식생활 3
—덫

안개는 건너편이 자꾸 떠내려가는 곳
아무리 다가가도 끝내 초인종을 누를 수 없는 집

안개가 지나가면 땅은 눈이 어두워졌다
그것은 이미 사람의 땅이 아니었으나
가끔 저편이 더 간절해진 사람은 스스로 저편으로 걸어
들어 갔다
그때 등 뒤에서 역전되는 부드러운 흰 문들
고요하게 준비된 느슨한 덫, 안개 넘어
안개는 윤곽을 잡을 수 없는 사건처럼 일어났다가
어느덧 공소시효가 끝나곤 했다

그들은 거의 모든 육체를 뚫고 다녔으니
증인은 있으나 물증이 없었다
사람들은 강력한 우리에 갇혀 가축처럼 침묵했다
터득할 수 있는 건 아무것도 없었다
처음부터 상대가 되지 않았다

그것은 물에서 자랐고 물 위를 걸어 다니며 물러나면서
따라가는 자

볼 수 있으나 확보할 수 없는 몸,
사람들이 알아챌 때 헝클어지는 대답,
백합으로 수놓인 잠잠한 공중묘지,
안개는 새들의 납골당이었다

안개의 식생활 4
― 미식가

안개의 뼈를 만져 본 문장은 없다

그것들은 악명 높았으나 은신처를 알 길 없고
아무런 족적도 남기지 않았다

안개가 인멸한 길에서 그나마 식별할 수 있는 것은
푸른 힘줄로 버티고 선 물푸레나무들
눈먼 땅은 자기가 세워놓은 나무들을 더듬으며
혼몽한 진술을 할 뿐
안개는 인상착의가 없었다

다만 사람들은 그것을 꿈이라고 불렀다
사로잡힌 자들을 위해 북향으로 상 차리고 수저를 올렸으나
사랑하는 이를 수레에 싣고 돌아다니는 악몽
영혼의 수용소에 감히 들어서지 못하고 목만 놓았다

세상의 맛있는 부위만을 찾아 뜯어 먹고 사라지는
안개의 수법에 대해 알려진 바는 거의 없다

슬픔의 외각마다 꽃이 피었다

가장 먼 곳을 돌아 태양이 오고
미식가는 입술을 닦고 여백으로 앉아 있다

하늘은 잔인하게 파랗다
새 한 마리 남기지 않고

슬픔은 혀가 없다

슬픔이 왜 말이 없나 보니 혀가 없다
그는 지금 묵비권을 행사하는 것이 아니다

이것은 그가 살아온 방식에 대한 예민한 기록 혹은 지극
히 외로운 해명
그는 누구인가 아니 그는 누구였을까

본디 그는 없는 듯이 살아왔다
기쁨과 배다른 형제로 태어나 멸시받으며 살았다
평소 온순한 뱀으로 조용히 기어 다니지만
내 마음이 떠나가, 따위 말에 한순간 아가리 벌려 꽃을
삼켜버리기도 했다
말했듯, 슬픔은 혀가 없다
실은 두 갈래로 갈라진 찢긴 마음뿐이다
손수건 같은 곳에 조용히 숨어 지낼 뿐이다
득달같이 달려와 환심을 사려는 가벼운 기쁨에 비할 수
있을까, 또
큰 기쁨은 구덩이를 깊이 파는 법

본디 그는 손만 잡아주어도 마음을 빼앗기는 정결하고

유순한 처자였다

　기쁨이 손 내밀자 순진하게 따라나섰다가 몸을 빼앗겼다

　그는 납덩이같은 몸을 일으켜 제 마음속에 몸을 던지고 다시는 떠오르지 않는다 이제 누가 그를 고해의 그늘에 끌고 들어가 무릎 꿇릴 수 있으랴

　슬픔아, 부르면 그도 사람처럼 돌아본다

　그는 누구에게도 잘못을 한 적이 없다

옆이 없다

과자를 빼앗긴 아이가 울고 있다 그 옆에 술을 빼앗긴 어른이 울고 있다 그 옆에 장난감을 빼앗긴 막내가 울고 있다 그 옆에 한 달 만에 들어온 여자가 울고 있다 그 옆에 살이 숭숭 빠진 생선이 울고 있다 그 옆에 어떤 최후가 울고 있다 그 옆에 모든 옆이 와서 울고 있다 그 옆에 생글생글 눈 내리는 창가 그 옆에 밑 빠진 독처럼 앉은 하느님이 멀뚱멀뚱 하늘만 쳐다본다

우리는 옆을 잃은 지 오래되었다

이승의 일

사람을 먹고 자라는 상상의 동물을 오해라고 부르자

태어나면서부터 눈을 뜨고 비웃는 이 두려운 동물은 오히려 해명의 말을 먹으면 몸집을 부풀리는데

그렇다 해서 침묵을 먹이로 던지는 것은 더 위험하다

시선을 피하거나 갑자기 몸을 기울여 다가가는 행위는 삼갈 것

잡아당길수록 단단히 묶이는 이 악령의 흉악한 문제를 받은 자는 비로소 자기 자신을 견디는 일이 얼마나 무참한지를

적당한 때 발 빼는 것이 얼마나 현명한지를 배울 것이다

부쩍 수척해진 희망과 어깨를 걸고 술집으로 향하는 나날들

저 수렁의 동물을 설명할 길은 끝도 없으나

문틈으로 눈 넣고 우리를 지켜보는 겨울이 오고

두서없는 말은 호주머니에 찔러넣고 꺼내지 않기로 하자, 상상 속의 동물을 그만 이해하기로 하자

이승에서 태어나 맺은 이승의 일들을 억지로 갈라놓지 말기로 하자

누구나 사랑받기 위해 태어난 것은 아니다

이 말을 허락하기까지 얼마나 몸서리쳤는가, 나는 또 너는

이후

봄이 되자 가지는 죽은 새를 다시 불러 앉힌다

흙을 털고 일어나 새들은 자신이 도달했던 어떤 지극한
너머에 대해 발설하지만
　이후의 세계란 그런 것이다
　너머에 있는 꽃들의 말을 배웠으나 이 땅에서는 써볼 도
리가 없고 알아먹을 귀도 없는 것이다

　날개라는 초라한 권위를 부려 모종의 가지로 옮겨 다니
는 저 새들만 입을 닫는다면 세상은 더욱 산뜻하리라 군더
더기 없으리라
　아니 그럴지도 모르지

　새를 보면서 새 이후를 생각하는 것
　나무를 보면서 나무 이후를 생각하는 것
　사랑하면서 사랑 이후를,
　그 너머에 있을 한가로운 끝을

　전쟁이 끝난 가을 들녘처럼 아무 일도 없었다는 듯이
　또는 농부의 무덤을 쓰다듬는 보리밭처럼 모로 누워 이

후들을 생각느니, 모든 사라진 쪽의 너머에서
　사랑만은 돌아오지 마라

　훗날 너머 다시는 훗날이 없는 그 이후에서
　봄도 쫓아오지 못하는 그 멀리에서
　모든 虛事 밖에서

망자의 동전

마른하늘에 꽃들은 골다공증을 앓았다
봄바람은 사교적이었으나
막상 봄은 굽은 척추를 펴지 못했다
이미 늙어 태어난 봄은 내구성이 약했다

그 일이 있고 교감은 나무에 목을 걸었다
봄에 종사하다 순직하는 꽃들이
실려 가고 실려 오는 삭은 수평선을 움켜쥐고
산 자들은 봄물을 울긋불긋 게워냈다

망자의 동전처럼 구름에 얹혀 있는 달
오싹하고 가벼운 달을 들고
사월은 곡우穀雨 지나 어디로 가는 걸까

흰 삼베에 감겨
나비 애벌레가 된 아이들을 보았다

즐거운 고국

고국을 어떤 먼 외국의 막다른길이라
그곳에 컴컴하게 켜져 있는 몇 촉 붉은 빛이라 하자
밤이 되면 출국하는 거리의 여인들은
암흑을 상대로 흥정하고 어두운 치마를 걷어 올리고
검은 구덩이 위에서 다리를 저으리라
당국의 주장은 오로지 당신을 기쁘게 하는 것이지만
봄의 추방자들, 때와 장소에서 쫓겨난 난민들을
밥통 앞에 길게 늘어선 노숙자들 저 밥통 같은 삶을
굶주린 입들의 종대 끝에 놓인 국자를
죽어가는 소처럼 간신히 마지막 입김을 뿜는 국통을
이제 모두 고국이라 부르자
도착이라는 쓸데없는 의식으로 피로하였으니
차라리 희망에서 물러나는 편이 더 희망적이지 않은가
아, 그러니 우리는 뒷길에서 밀통하는
즐거운 허벅지들의 힘찬 박수소리에 동의하자
애통하지만 빈 깡통 같은 목을 긁적이며
즐거운 우리의 고국이라 하자

3부

30㎝

거짓말을 할 수 없는 거리
마음을 숨길 수 없는 거리
눈빛이 흔들리면 반드시 들키는 거리
기어이 마음이 동하는 거리
눈시울을 만나는 최초의 거리
심장 소리가 전해지는 최후의 거리
눈망울마저 사라지고 눈빛만 남는 거리
눈에서 가장 빛나는 별까지의 거리
말하지 않아도 들을 수 있는 거리
눈감고 있어도 볼 수 있는 거리
숨결이 숨결을 겨우 버티는 거리
키스에서 한 걸음도 남지 않은 거리
이 거리는 어디에서 왔는가
누가 30㎝ 안에 들어온다면
그곳을 고스란히 내어준다면
당신은 사랑하고 있는 것이다

제3의 눈

깨달은 자는 이마에 눈이 생긴다지
보통 삶의 고수들은 뒤통수에 눈이 달린다

살다가 뒤통수 몇 번 얻어맞다 보면
그 자리에 구멍이 뚫리고 피가 돌아
흑점 닮은 눈알이 하나 자라는 것이다

당신이 운전석에서 빵빵거릴 때
노인네가 몰라서 길을 막는 게 아니다
뒤에서 날아오는 칼을 수없이 받아보았다

진짜 귀신들은 그런다지
머리카락을 쓸어 뒤통수의 눈을 가려둔다지

가령, 설거지하는 아내는 눈썹 없는 눈을 뜨고
당신의 일거수일투족을 지켜본다는 것
웬만하면 한눈에 다 보이는 것이다

어느 날은 당신의 잘못을 눈 감아 주고
뒤에 붙은 눈으로 눈물을 훔쳤을 것이다

뒤통수를 자꾸 긁으면서 웃었을 것이다

생각해 보라, 등 돌리고 누워 있던 밤
아내와 당신은 뒤통수로 마주보고 있었다

눈 안의 입술

여자가 속눈썹을 불자 금세 눈이 젖는다

눈 안의 입술이 흘러나온다

눈 안에는 얼마나 많은 입술이 있는가

어떤 피의 품종은 그늘에 담겨 오래 앓다가

슬그머니 입술로 태어난다

여자가 술잔을 지그시 돌려 와인을 길들인다

붉은 숨을 먹는다

입술을 바친 뒤의 첫말은 저녁별이 된다

우리는 우리를 지새운 뒤 우리를 떠났다

라일락을 쏟았다

자정 넘어 북아현동에 간다 집들의 사체가 엉겨 붙은 그 위에 라일락이 쏟아져 있다

동네에 희망이 전염병처럼 돌았다 뒤로 지폐가 오고가고 이주동의서가 집집마다 전해졌다 그때는 모두가 욕망과 한 패였다 욕망과 새 가정을 이루었다

파렴치한 희망의 가면을 쓰고 희망에 감염된 자들이 가난의 슬하를 떠나지 못하는 아들딸들을 구슬리었다 희망을 두둔하고 모의하고 결심하는 동안 내가 비천하게 욕망 앞에 어슬렁거렸다
희망에게 빵을 구걸하고 밀서를 전하고 희망을 침대로 끌어들였다 희망에 다리를 벌렸다

희망이라면 이제 소름이 돋겠구나
미안하다 라일락이여,
깨진 유리를 밟고 서 있는 한때 나의 아름다운 이웃이여

그 사람을 내가 산 적 있다

바람이 노을을 만지자 나비들이 태어났다
당신이 내 입술을 만지자 셀 수 없는 글씨들이 태어났다

입술을 빼앗긴 사람은
입술을 찾기 위해 훔친 자의 곁에 머문다

눈먼 사랑이 발아래 엎드려 우는 것을 본 적 있다
눈을 돌려달라고 눈 못 뜨고 울던
그 사람을 내가 산 적이 있다

내 이름은 내가 견딜 수 없는 곳이 되었다
함부로 당신을 만진 뒤의 일이다

고래민박

혹산도 바람은 호탕하다 처음에는 섬이 베푸는 호의로 받아들였다 웬걸 통성명이 끝나자 바람은 먹살부터 그러잡았다 구겨진 옷깃을 추스르며 나는 낡은 민박집으로 들어가 짐을 풀었다

봄태풍이라 했다 그가 거느린 바람의 문장들은 분신술에 능했다 함석지붕 위로 지나갈 때는 염소 떼로 몸을 바꾸어 우당탕 뛰어다녔다

섬은 바람을 흥청망청 쓰고 있었다 바람으로 호의호식하고 있었다 이러다가 세상의 바람이 거덜 날 거야 나는 섬의 안방에서 잠을 설치며 심란했다 그날 밤, 민박집은 고래에 들이박힌 듯 기우뚱거리며 해안에서 멀어지고 있었다

꿈을 꾸었다, 나는 뱃머리에 서서 고래의 눈에 겨누고 있었다 작살을 비스듬히 쥐고 그가 달빛을 올려다볼 때를 기다리고 있었다 작살에 체중을 실어 던졌을 때 고래는 물속에 수많은 얼굴을 빠뜨리며 가라앉았다

그리 긴 시간이 걸리지 않았다 파도가 바람의 얼굴을 모으고 있었다

먹이의 세계

쌀끼리 교배해서 자꾸 쌀벌레를 낳았다
마루에 목구멍처럼 좁은 햇볕이 들면
우리는 신문지를 펴고 묵은 쌀을 쏟아부었다
쌀과 살을 섞던 구더기들이 먹이를 밀치며
허겁지겁 먹이의 세계 밖으로 달아나고 있었다
아비와 나는 서로 배를 쿡쿡 찌르며 나가죽어라 했다
입과 배밖에 없는 밥벌레 둘이
눈에 불 켜고 쌀벌레를 내쫓으며 즐거웠다
이 집안에는 밥벌레가 너무 많아요, 빌어먹을!
헛헛한 농담에 아비는 쌀벌레 같은 눈물을 흘리다
킥킥거렸다, 투명한 배를 내밀면서
너무 오래 킥킥거려 반성문처럼 들리기도 했다
쌀알들 뭉쳐 가난한 쌀집을 만들고
징그러운 몸이 익을 때까지 그 안에서 살을 빚던
밥벌레들은 이제 어디로 가야할까요
쌀의 자갈길을 지나 와글와글 쌀의 능선을 넘어
퇴직금도 없이 쫓겨나는 저 좆만 한 아비들을 보세요
나는 한 톨밖에 안 되는 그림자를 끌어안고
손가락으로 쌀을 쿡쿡 찌르며 아비에게 물었다
아비는 말없이 흰 목덜미로 쌀을 밀치며

나를 향해 아름답게 기어오고 있었다
우리는 배를 밀며 햇볕이 없는 곳으로 들어갔다

그 영혼에 봄을 인쇄한 적 있다

가지는 저마다 봄비 한 방울 챙겼다

봉긋이 달려 있는 젖들에 일찌감치 수유가 돌았을 터, 겨울에 고아가 된 고양이가 서너 번 울며 물방울 속으로 들어가고 그 빗방울 속에 봄의 인쇄소가 돌아가고 있었다

인쇄공들은 겨우내 마른 들판의 가슴을 열고 봄물이 비칠 때까지 손바닥으로 문질렀다 부드럽게
뿌리글자들이 바닥 깊은 데서 눈뜰 때 되었는데 봄꽃들을 조판할 식자공들은 출근이 늦었다 빗방울 속의 무늬부터 인쇄해도 좋아요 물감을 더 준비해요 해마다 쓰던 색감으로 맞춰주세요

어떤 빗방울 속에는 새 한 마리 흔들리고 있었다
물의 바닥에서 천장까지 휘어지며 피어 있는 꽃봉오리들 사이로 서툴게 부리를 내밀던 어린 새는 그만 태어나지 못했다 새를 품고 알이 터져버렸기 때문이다

가끔 제본할 수 없는 슬픔들이 낱장으로 흩어진다
기장은 자꾸 뒷장이 떨어져나가는 내 낡은 영혼의 재질

에 대해 물었다
　나는 말없이 새끼고양이가 공장에서 나가는 것을 보았다
물방울에서 몸을 뺄 때 허리가 조금 길어져 있었다

　때로는 외면으로 읽을 때 아름다운 원고가 있다
　출력할 수 없는 페이지를 봄이라고 읽어도 좋은 것이다

　눈망울에 딱 한 번, 나는
　그 영혼에 봄을 인쇄한 적이 있다

아버지와 스타크래프트를

광물을 캐고 있는 아버지의 뒤통수에 나는 침을 퉤퉤 뱉죠 나는 늘 당신의 사정권에 있었지만 지금은 사정이 달라 졌어요 나는 당신의 토지를 빼앗을 작정이에요 이 세상에 서 당신을 금지할 거예요

귓속에 석탄 같은 검은 문장들을 지겹도록 파내다가 아, 말로 해서 다 뭐해요 우리 그냥 한판 붙어요 계급장 떼고 아버지 제가 누누이 말했잖아요 우리는 테란과 저그 같은 사이라고요 서로 못 죽여서 안달 난 적군이라고요

한때 당신은 강력한 무장병들을 거느렸죠 꿈을 화염방사 기로 태워버렸죠 가구들을 자주 부수었죠 아버지만 나타나 면 나는 기어 다녔잖아요 이제는 이유도 모르겠어요

그냥 우리는 조국이 달랐던 거예요

얼마간 시간을 줄 테니 자원부터 캐세요 건물을 지어서 병사들을 뽑아야 해요 창가에 저격수를 배치해요 가스자원 모아서 탱크도 만들어 기지 뒤에 세워두세요
물론 나는 군수공장에서 아버지들이 생산되는 족족 침을

뱉어 죽일 거예요

죽은 사람이 호흡기는 왜 달고 다니세요? 여기 룰 모르세요? 네, 거기서 죽어 있으면 돼요 무덤은 없어요 곧 화면에서 사라질 테니까 길이 더러워질 일도 없어요 부활이요? 여기는 사제가 없어요 질문하지 말고 그만 좀 죽어요 그냥 피 흘리며 죽어 가면 되는데 그게 어려워요?

아, 십자가를 들이밀면 어떻게 해요 아버지! 그걸로 상황을 개선할 순 없어요 전략도 없고 전술도 없이 그저 자원만 캐다 망하는 게 꼭 살았을 때와 비슷하네요

여기는 신호등이 없는 세계예요

줄창 땅만 파다가 끝내 이 꼴이잖아요 아버지 전세가 기운 것 같네요 표정이 왜 그래요? 참, 게임은 밥상처럼 엎으면 안 되는 거 알죠?

오늘은 우리의 유죄를 끝내기 좋은 날이에요 빌어먹을 회개의 날이 왔는데 아버지 후방에 숨어 자원을 캐고 있으

면 곤란해요 찔끔찔끔 숨어 다니지 말고요

깨끗하게 GG*를 치세요, 오랫동안 고마웠어요

*give up game의 약자로 선수가 게임을 포기할 쓴다.

종이 위로 한 달이 지나갔다

지면이 망연하다
지면 아래가 바로 심연이다

닻이라고 쓴다
백지에 글자 하나 출렁, 떨어진다
백지 밑으로 가라앉은 글자
해저에 쿡 박히는 글자

흔들리는 문장을 정박하고
선창가 술집으로 간다
이런 밤 색시에게 닻 내리고
나는 잔잔해진다

일찍이 나는
백지보다 깊은 산을, 백지보다 먼 바다를
보지 못했다

종이처럼 움켜쥘 수 있다면
삶은 벌써 내 손에 구겨졌을 것이다

종이 위로 한 달이 지나갔다

일요일 아침 아홉시에는

일요일 아침 아홉시에는 무단횡단을 하고 싶다 그래도 아무 일 일어나지 않으면 좋겠다 마음이 초록불 빨간불 끄고 이편저편으로 다가가면 좋겠다

일요일 아침 아홉시에는 도로 수십 킬로미터가 맑은 여울로 바뀌면 좋겠다 바지 둥둥 걷고 들어가 은어낚시를 하면 좋겠다 낚아챈 은어를 어영부영 다 놓치면 좋겠다

일요일 아침 아홉시에는 묶여 있던 개들이 모두 풀리면 좋겠다 갇혀 있던 새들이 동네빵집으로 날아들면 좋겠다 펄쩍 뛰는 웃음소리로 아수라장이 되면 좋겠다

일요일에는 신문이 오지 않으면 좋겠다 마음이 마음만 펼쳐 읽었으면 좋겠다 우체통에 키스로 봉한 편지*가 꽂혀 있으면 좋겠다 그래도 아무 일 일어나지 않으면 좋겠다

일요일 아침 아홉시에는 큰 솥에 잔치국수를 삶다가 펑펑 울고 싶다 아름다운 것은 아무것도 아끼지 않았으면 좋겠다

*Brian Hyland의 곡.

극적인 구성

마지막 북풍이 섬을 덮치던 봄날
오래전 첫날로 다시 돌아가듯
섬 하늘에 구름장이 쉴 새 없이 넘어갔다

하늘엔 근육을 힘차게 움직이는 한 무리 순록
뒤집혀 경쾌하게 달리고 있었다
저 하늘에 요동치는 땅이 있었다

구름장들은 쉬지 않고 오래전으로 넘어갔다
주택과 거리와 문명의 모든 건축물이 내려앉고
멸종된 동물들이 다시 그 땅에 출현하고
가라앉은 대륙이 올라와 다른 대륙을 붙들었다

이브가 몸 가리며 지상으로 쫓겨나고 있었다
창세기까지 넘어가는 하늘의 희고 검은 책장들
새롭게 그려지는 별들의 설계도를 언뜻 보았을까

그 사이로 드러나던 깊은 우주의 강가
나는 강 건너 환속하는 영혼들 사이에 서 있었다
바람의 절벽에서 지상으로 뛰어내리는 동백들
손을 뻗었다, 봄이 오고 있었다

지도에 목욕탕이 없다

그는 남의 육체에 가게를 차린다
침대에 끌어들여 물의 점포를 연다, 평면의 가게다

옷을 벗어야 문을 열 수 있는 궁벽의 매장
처음 몸을 받을 때는 서글펐다
손님이 누우면 때밀이는 평면의 세계로 추락한다
밀기 위해 사는 것이 아니라 살기 위해 미는 것이다
몸보다 욱신거리는 것은 낙심이다

빈손을 손에 익히려면 아직 멀었다

갈빗대들은 일종의 누워 있는 가로수다
그곳에 손을 대면 평면의 나무가 흔들리고
숨어 있던 붉은 새가 바스락거린다
새는 사랑할 때만 다른 심장으로 자리를 옮겨 앉는다
그때 새의 길을 따라 무지개가 자란다

몸을 훔치다 보면 속살이 만져진다
거기에 무너진 무지개의 잔해가 자주 발견된다
납작하게 버려진 유방들과 함께

손뼉을 두 번 치면 손님은 몸을 뒤집는다
잠깐 흔들리던 살결이 멈추면
척추를 따라 긴 무풍지대가 생긴다
그 평평한 바다를 걸어 지나는 고래 가족을 본 적 있다
유목민의 등에 붙은 물줄기는 한 방울도
밑으로 떨어지지 않았다

지금쯤 끝났을까, 깃들 곳을 찾았을까
얇고 느린 여행은

침대에 무동력선처럼 떠 있는 몸뚱이는 서글프다
따뜻한 물을 붓는다, 관계가 깊어지는 순간이다
손님이 일어나면 아무 일도 없었다는 듯
모두 입체로 돌아온다

젖은 침대를 닦고 가게 문을 닫는다
그는 물기 꼭 짜낸 빈손을 상자 위에 넌다
앞으로 뒤로 체위를 바꾸며 즐기던 삶은
도무지 발기하지 않는다
어쩌면 이 모든 평면의 형식은 거기서 비롯되었다

그는 불을 끈다
신기루처럼 라일락이 필 때 목욕탕은 사라진다

유다의 숲

바람 없을 때 태워야지, 너를, 새를,
이 쌀쌀한 사랑을

목련 꽃송이들은 굴뚝의 흰 연기,
상승하는 바람에 날아가는 뿌리의 데이터들

안 되지, 그렇게 화려하게 둘 수는 없지, 너를,
사랑을, 분질러 들판에서 태워야지

바람 없을 때, 재가 날아다니지 않게,
그러니까 재들은 이 사랑의 검은 보상금인가

재를 타고 영혼이 올라갈 수 없게,
또 다시 뜬구름에 합류해 떠다니지 않게

바람 없을 때 태워야지, 너를,
이 행성의 모든 백일몽을

육체, 영혼의 기름병이여
영혼이 최초로 쏟아진 땅을 기억하는가,

그 기름으로만 타오르는 사랑을

너는 어쩌다 영혼을 지불할 마음도 없이 사랑했을까

영혼은 영혼을 낭떠러지로 떠밀 수 있지,
안도와 추락을 반복하다 마침내 태웠지, 너의 새를

날개를 묶자 줄 끊긴 닻처럼 꼼짝하지 못했지,
그렇게 끝냈지, 우리의 따분한 역사를

그러고는 바구니에 몇 다발 꽃을 담았지,
나의 벽을 깨끗하고 아름답게 꾸밀 꽃이여
시들지 마, 패전국의 아이처럼 울지 마
아니, 그냥 제발 떨어져, 들킨단 말이야

꽃을 쏟아버리고 국경을 찾아다녔지,
이 무기력한 세기를 벗어날 수는 없는 것일까,
태양은 온갖 뾰족한 빛으로 위협하지
하찮은 나를 찌르지,

세계에 부딪쳐 넘어진 그림자를 간신히 붙잡았지,
허겁지겁, 그는 나를 버리고 몽롱한 방향으로 뛰었지
바람 없는 날 태워버려야지, 저 민망한 타조를

그리고 매순간 일어나는 친근함을 두고 볼 수 없지,
절묘하게 본인처럼 살았던 나의 가면들을

존엄한 이별

이별이 부활해야 한다
이별의 손발에 박은 못을 빼내야 한다
이별이 다시 일어서야 한다
이별이 사랑처럼 사랑받아야 한다

이별이 걸어다녀야 한다
돌아와서 사랑 곁에 함께 있어야 한다

이별이 사랑을 지켜야 사랑이 오래간다
사랑을 지키려면
먼저 이별을 지켜야 한다

사랑이 이별을 보살펴야 한다
이별을 잘 대접해야 한다
불러들여 좋은 밥을 먹여야 한다
이별이 살아야 사랑이 산다
이별이 건강해야 사랑이 별고 없다

이별은 거뜬해야 한다
이별은 든든해야 한다

사랑이 없어서 사랑이 없는 것이 아니라
이별이 제자리에 없어서
사랑이 제자리에 없는 것이다

이별 없는 시대가 종말이다
이별과 결별한 세상이 지옥이다

＊이문재의 시 「백서(白書)」 오마주.

청춘

새를 죽이고 시간은 날아갔다
시간은 영원히 사라지는 벌을 받았다

4부

손 안의 날씨

나 구름 많은 손바닥을 가졌네

손 안의 날씨가 흐린 것은
먼 곳을 쓰다듬는 오랜 버릇 때문이네

한때 손은 부드러운 디딤돌이었네
우리가 건너가고 넘어오는 길이었네

얼마나 숱한 밤을 손에서 놓쳤던가
손을 펴면 멀리 손 흔드는 사람아

그리워하면 손 안에 바깥이 생기네
나 빗물 많은 손바닥을 가졌네

없는 방

　연필과 종이뭉치를 던져주고 나는 자주 어떤 문장에 희
망을 감금하였으나 그는 매번 문장에 쥐구멍을 내고 달아
났다 뻥든 쥐구멍을 몇 개의 낱말로 메운 뒤 다시 그를 협
소한 문장 안에 가두었다

　너는 없다

　좁은 문장은 벽과 바닥이 단단했다
　빈틈이라고는 도무지 없었다 나는 비누처럼 웅크렸다
　그는 없는 손을 뻗어 나를 문지르고 없는 얼굴을 씻고
　없는 머리카락을 빗어내렸다 다시 어디론가 나가려고 행
동하였으니
　없는 꿈을 꾸는 그가 나는 다만 우스울 뿐이었다
　그는 없는 옷을 차려입고 없는 몸을 일으켜 없는 거울을
향해 없는 미소 한번 지어보이고 없는 신발을 신고
　없는 문을 열었다, 그리고 없어져버렸다

　나는 방 안을 쥐새끼처럼 뛰어다녔다
　없는 그가 빠져나간 없는 방을 나는 서둘러 지웠다
　더 정교하게 썼다

없는 방도 없는 방에 너는 없다

그러나 그는
없는 방도 없는 방에 앉아 없는 손도 없는 손을 뻗어 없
는 문도 없는 문을 열었다
굳이 말하자면 실은 없어진 줄도 모르게 없어졌다

나는 없는 방도 없는 방에 없는 창을 내고 없는 하늘에
없는 달을 띄웠다
없는 어린왕자처럼 없는 의자에 앉았다
까마득한 발아래 벌든 쥐구멍처럼 지구가 떠 있었다
아니 뚫려 있었다, 그리고 보니 너무 오랫동안 치열했다

나는, 나와
없는 방에서

주점 여로에서

추억만 주절거리는 주점은 궁핍하구나, 내놓을 것이라곤
그저 말라 부스러진 옛일뿐

몰골로 그물을 던지는 가난한 왕들의 회상은 민망하게도
대부분 찢어져 있네

이제는 과거를 섬기는 늙은 왕들의 그림자가 장단 맞추
어 땅을 두드리며 밤새워 노래하네

— 우리 함께 일어나 눈에 흙을 털어내며 나가세, 눈뜨는
음산한 죽음을 죽이러 다함께 가세

두드리다 떨어진 젓가락처럼 삶은 발아래서 잊히네

바위에 기대어 찢어진 다짐을 꿰매며 왕들은 맹세하네

어떤 고독의 왕은 잠에서 깨어 무거운 자물쇠를 꺼내지,
그는 혈혈단신 적진을 재앙처럼 휘젓고 돌아온 자, 그러나
그는 하룻밤의 꿈을 넘어서지 못했네

젊은 날을 넘기지 못한 아내를 장작더미에 올렸지

이것이 누가 일으킨 비극인지는 중요하지 않다네, 그가
말하네, 꿈이라는 쓸쓸한 동네에 묻은 아내에 대해

잠들지 않는 회한의 척후병을 심어놓고

그는 또 무더운 한때의 생, 그 입술을 훔쳐보네

불거진 눈을 들어 그는 그물을 손질하네

낮은 기침소리가 자꾸 몸을 괴롭히는 주점 여로에서 왕

들은 머리 풀어헤치고 웃으며 통곡한 뒤 전열을 가다듬네
　희망의 흉악한 위용을 보았다네

로그인

이처럼 성급하게 자라나는 식물을 본 적 없으니
말은 씨가 되고 그 씨는 마땅한 목적을 향해 줄기 뻗지
숙주의 귓속에서 자라나 입 밖으로 줄기 내면
그 뒤로는 걷잡을 수 없지 숨고 조롱하고 날조하는
변태를 거친 뒤 소리 소문도 없이 실컷 교미하지
심지어 아무 말 뒤에나 올라타 사정하지
입을 틀어막은 즐거운 교성이 떨어진 자리마다
꽃들이 피었지 그 꽃을 비밀이라 불렀지
마침내 허상을 불러들인 게지 그들의 손쉬운 번식법은
말머리를 베고 말허리를 끊고 말꼬리를 잘라
이 말 저 말에 갖다 붙이는 식이지 그렇게
꽃을 물고 하룻밤에 천리 가는 발 없는 짐승들이 태어났지

비손

맑은 물 서너 되 받아 황토를 탄다
물속에 두 손을 넣어 지극으로 비니
찬물에 천천히 화색이 돌고 낯빛이 따스해진다
사천왕문 기둥에 석간주 가칠하다 보니
구멍들 제법 빠끔한데 개미 하나 없다
먼저 흙으로 돌아간 이들
흙과도 다시 인연 맺지 말라고
도리에 연화문蓮花紋을 찾아 넣는다
붓이 지나간 자리에
바람이 또 한 번 너그럽게 손질을 끝내면
울긋불긋한 문양들 편히 자리 잡는다
멀리 공양주보살이 놋쇠주전자 들었다 놓아
곡주 한 잔 들이켜고 둘러보니
절간 사는 솔 모두 필력 좋은 처사다
치성으로 빌어 일으킨 저 푸른 발원들
그 사이로 햇살이 인자한 손을 내밀어
낮은 곳부터 고루 어루만진다

그 집을 오랫동안 베었다

봄밤,
나는 구름을 한 짐 해서 산을 넘어가고 있었다

멀리 바다는 옆으로 누워 수음을 하는지
부드럽게 뭍을 문지르다 가늘게 떨고 있었다

입술이 열릴 때마다 푸른 숭어가 뛰어올랐다

산마루에 서자 바람이 구름을 조금 떼어 갔다
달의 담장이 건너다보이는 후박나무 곁에 잠시 앉았다가
구름을 지고 산을 내려간다

아무것도 꿈꾸지 않는 것이 나의 꿈이었으나
어쩌다 오두막을 짓고 나는 어쩌다 사랑하게 되었나

그 집을 오랫동안 베었더니 구름만 한 짐 나온 生
이제 내가 당신을 나간다

엉거주춤한 인어들의 저녁

계집애들이 꼬리 흔들며 지나간다
조심성도 없이 허나 조심성이란 살면서 자연스럽게 뒤로
밀려나는 것, 그냥 개 풀 뜯는 소리다

교문과 방문, 밤과 낮의 수압은 확연히 다르다
인어들은 그 사이를 오가며 두 개의 언어를 능숙하게 구
사한다, 또랑또랑

교복을 입을까요?
매녀남은 왕자가 아니고 왕자는 매녀남이 아니다 부침개
처럼 몇 번 뒤집다가 휙 버려지는 얼굴들

엉거주춤한 인어들의 저녁,
저들은 목소리와 다리를 바꾸고 뭍에 첫발을 내딛을 것
이다, 결국 발버둥 치겠지만

본디 꿈이란 비어 있어 아름답기 마련이다
얼굴 반쪽이 날아간 달처럼

금요일의 홍대 그 달콤한 전구들

금요일 우리는 흥청망청했으니 그날에 대해 다소 시적으로 덧붙이자면 비단 어둠은 비극적으로 다가오는 것이 아니다

어둠은 이웃처럼 다가오고 어둠은 축제처럼 다가온다 어둠이 화려한 전구를 달고 밤거리에서 우리를 부를 때 얼마나 많이 속았던가

보라, 어둠도 어둠의 입구에는 불을 밝힌다
시시껍질하게 빛의 말뚝을 박고 얼마나 유인했던가

우리의 정신을 갈취하거나 유린한 상업의 걸작들 아래 우리는 오들오들 떨며 취하여 수작을 부렸으니 언제까지 우스꽝스럽고 가벼운 일화만 남길 것인가
부나비처럼 또 언제까지 우리는 벌레처럼 살 것인가

오늘은 다소 성스러운 체 실재하는 체 책상 앞에 앉아 비겁한 수사로 상처를 덧칠하자면 어둠은 지극히 평범하고 너무도 익숙하게 이동하는 것

하여 어둠은 물보다 모습을 잘 바꾸느니 부디 가끔은 우리가 선 바닥을 툭툭 밟아 출렁거리지는 않는지 확인해 보자는 것이다

야설

폭설이 술집을 덮치고 있다 창가에 등 굽히고 야설을 읽던 사내 깜빡 잠든다

비틀거리는 사내를 야설이 조용히 따라나선다

사내는 이런 밤에 피해야 할 조언을 떠올린다 눈 속을 오래 걷지 마라 미궁에 빠진다

길에 몸을 잘못 밀어 넣었다가는 결국 백발이 된 희망과 맞닥뜨리게 된다는 것

그러나 사내는 움직이는 흰 벽 속으로 계속 걸어 들어간다

어차피 아는 길은 없다, 세상은 단 한 번도 같은 길을 내준 적이 없다

한 걸음 내딛을 때마다 빠져나가는 세상

무너지고 쌓이는 무수한 사방을 보았다, 그 어디에 의자를 놓고 정착할 수 있단 말인가

독백에 빠진 사내를 마중하는 것은 언제나 미노타우로스의 입, 그 앞에 뼈다귀처럼 널린 봄날을 어떻게 추스리겠는가

사내는 몇 번 눈 위에 이름을 쓴 일이 있다

하늘은 몇 번 그 이름을 덮어 지운 적이 있다

살아서 빠져나갈 수 있다면 그것은 애초부터 삶이 아니었으리라 알면서도 속고 또다시 눈 뜨고 꿈꾸는 것이 삶이

라면 삶은 정말 나쁜 버릇이다

　창가에 축 늘어진 사내를 어디론가 밀어붙이는 눈발들…
　하늘은 오늘 하늘을 한 점도 남길 생각이 없다

봄날의 대국

동피랑에 매화가 피었답니다
하늘이 어깨를 낮추고 남쪽에 첫수를 놓았답니다

동막골에 저수지가 풀렸답니다
땅도 손을 풀고 북쪽에 한 수 놓았답니다

포석에서부터 은근히 향기가 납니다
물릴 수 없는 한판이 시작되었습니다

벌써 반상 좌변에서 목련과 꽃샘바람이 붙었습니다
거기다 봄비까지 보태니 목련은
아예 흰 허벅지를 젖히고 경쾌하게 달아납니다

목련의 세력이 한풀 꺾이자
과감히 손을 빼고 우변에 철쭉을 올립니다
하늘이 종달새를 부르니
땅이 기다렸다는 듯 뱀을 풉니다
이럴 때에는 간담이 서늘해집니다

그러나 이것은 사활의 대국이 아니라 생활의 대국

서로 살 길을 열어 주면서 다툽니다
땅은 두터움에 앞서고 하늘은 가벼움에 앞섭니다

두 기사가 한 수씩 주고받습니다
큰 곳을 차지하고 땅이 동태를 살핍니다
힘겨루기에 밀린 하늘이 한참 수읽기를 하더니
드디어 구름을 걷어붙이고
봄바다에 햇빛을 한 수 놓습니다
땅이 산처럼 웅크리고 앉아
가만히 봄바다를 들여다봅니다

그렇게 봄날은 갑니다

목련야구단

봄은 언제나 홈런이다
담장 밖으로 넘어가니까

목련의 외야에 떨어진
하얀 공을 주워들고
팬들은 덩달아 두 팔 치켜들고
집으로 달려간다
홈런이다!

그러니 저것은 꽃이 아니다
나무에 피어난 꽃은 정말
정말, 꽃이 아니다
나무배트 바깥으로 넘어간 하얀 공이다

가끔 불운이 따랐고
실책에 이어 실점도 했지만
보아라, 봄은 전력이 막강한 팀이다
봄은 집넘이 강한 팀이다

9회말 투아웃에 목련은 온다

봄이 목련을 포기하는 것을 한 번도 본 적 없다
타자 목련이 들어서면
경기는 반드시 뒤집힌다

목련은 언제나 홈런이다

출전

텔레비전에서 박지성 경기를 중계하고
나는 등 돌리고 앉아 시를 쓴다
반지하 창가에 관중처럼 몰린 눈발들
날카롭게 내 시의 측면을 파고드는
흥분한 해설자 목소리를 라인 밖으로 차내고
나는 가까스로 시를 지키고 있다
생각을 길게 끌다가 도중에 차단되고
해설자는 내 시를 몰고 텔레비전 속으로 들어간다
나는 몸을 돌려 황급히 수비 위치로 돌아간다
배후를 파고드는 패스를 간신히 끊어
허둥지둥 텔레비전 밖으로 빠져나온다
주심이 뒤따라오며 마구 호각을 불어대고
창가에선 야유가 쏟아진다
뒤통수를 훌쩍 넘기는 위협적인 해설자의 크로스
그러면서 몇 번이나 실점 위기를 맞았다
나의 낱말들은 자꾸 엉뚱한 데로 굴러가고
운동장을 폭 넓게 사용하지도 못하고
모처럼 온 기회도 살리지 못했다
아, 나의 박지성은 지금 어디쯤 뛰고 있을까
체력이 고갈된 경기 후반은

시종일관 답답한, 심심한 경기를 이어갔다
해설자는 가끔 텔레비전에서 나와
어깨 너머로 시를 기웃거리다 돌아가고
주심은 시계를 두 번째 들여다보고 있다
호각소리와 함께 시는 끝나고
창가에 관중들은 다시 눈발로 변한다
바람이 하얀 그물망을 흔들고 가버린다

양의 탈

거짓말은 대개 돌아올 수 없는 길을 떠나지
— 지킬 수 없는 거짓말은 처음부터 하지 않는 편이 좋아

나와 혀 사이는 자욱하지, 그 짙은 혐의 속에서 거짓은
새끼를 치지
— 너는 결코 사육할 수 없는 짐승을 네 우리로 불러들
인 거야, 너는 그것들을 그것들은 너를 무덤까지 따라다닐
거야

그것들은 늑대처럼 몰려다니며 내 양들을 죄 물어 죽이지
— 입이 입을 잡아먹었지, 입이 입안에서 우걱우걱 사라
지지

그러고는 양의 탈을 쓰는 거야, 간단하게 혐의에서 벗어
나지 아, 슬프게도 살아남으려 양들은 또 늑대의 탈을 쓰고
태도를 바꾸었지
— 늑대의 탈을 쓰고 몇 마리 양이 제 목숨을 구한 것에
대해 너는 어떤 유쾌한 옹호를 할 수 있어, 네 탈을 나무랄
수만은 없지

짐승들이 불난 숲을 빠져나가듯, 새들이 솟아날 구멍을 찾아 날아가듯 말이야, 어쨌든 난 무덤까지는 무사히 내 목숨을 가져가야 하니까

— 무덤에서야 비로소 너는 눈 뜰지도 몰라, 그 땅에서 너라는 시체를 발견하고 거대한 충돌을 맞이하겠지

양의 탈을 벗고, 혀가 동전보다 가볍게 뒤집힌 삶과 그 동전으로 속되고 속된 거래를 한 내 입술을 돌아보겠지

— 너는 이를 묵인하는 대신 몇 가지 이득을 챙겼지, 거짓말은 검은 보화였지

그 검은 보화로 먹고, 입고, 마셨지. 나는 속였다, 고로 존재한다, 그때 너는 무엇을 했지?

— 거짓말을 기다렸지

고래와 함께 걸었다

겨우내 눈만 싣고 다니던 트럭
동네 뒷길에 버려져 큰 눈 맞더니
흰 고래가 되었다

무엇을 저리 애달피 부르는가
밤하늘 길게 가르는 고래 울음소리

얼어붙은 늑골을 쓰다듬으며
먼 바다 어디 있었다는 고래의 땅을 떠올린다

고래는 뭍에 제 무덤을 만든다
죽기 전에 꼭 한번은 걷고 싶었던 것이다

고래의 눈 안에 눈 내리고
상현달 아래 이동하던 식구들과
먼 외계로 날아간 어미 고래와
별과 별 사이에 힘찬 물줄기들

눈 속에 펑펑 내리는
희디흰 깊이에 나는 곧 묻혔다

그해 겨울에는 나도 아름다웠다

나는 고래와 함께 걸었다

꿈에 단골집 하나 있다

삭은 나무문을 열면 늙고 무거운 시인이 탁자에 엎드려
고래처럼 울고 있다 그를 바다로 옮기는 일은 그만두었다
　여기서는 누구도 잔을 부딪치지 않는다 어깨 부딪치는
일 따위도 없다
　사실 여기서 일어난 일은 누구에게도 일어나지 않은 일,
단골들은 이미 알고 있다

　어디선가 벌써 망가져온 청년이 잔을 깨뜨리지만 누구도
그를 탓하지 않는다
　우리 모두 매번 놓치지 않았는가, 사랑을
　한때 내 눈동자의 상속녀가 되고 싶다던 여자
　여자가 떠난 뒤, 나는 꺾긴 신발처럼 누구의 발에도 쉽게
허락되었다

　한때 삶을 수리하려 꿈을 들락거리기도 했으나
　태어난 일도 실은 일어나지 않은 꿈
　여기 단골이 된 뒤로는 꿈에 엎드려 울지 않는다
　꿈은 달아놓은 외상값이 많은 곳
　꿈은 나의 생가, 내가 머무르고 자란 진실한 모국
　나의 세상에서 가장 오래된 一層

126

누구나 꿈에 단골집 하나쯤 있다

구름과 목련의 폐가를 낭송하다

신이 내게 발행한 화폐는 슬픔뿐이다
수많은 가게를 돌아다녔지만 아무것도 얻을 수 없었다
누군들 상처를 받고 싶겠는가
당신은 몇 번 위조한 흰 꽃을 내 머리에 뿌렸다
불분명한 흐린 목소리로 나는 시를 읊는다
당신이 내 목에 흰 벽을 바르고 젖은 지붕을 얹었는가
목구멍에서 시가 아니라 백골이 된 구름이 올라온다
나는 어쩌다 슬픔을 독차지하는 일자리를 얻었나
내가 그곳에서 열심히 일했다
그림자들을 더 고용해 슬픔에 구애했다
시는 쓰디쓴 생에 내는 술값이겠거니, 내가 쓰리라 했다
내가 당신의 맨 앞자리에 앉아 슬픔을 필기할 때
당신은 구름과 목련의 폐가가 있는 산마루를 가리켰다
발목에서 뒷덜미까지 아무것도 남지 않은 저 멸문을 써라
제 전부를 망치는 곳으로 가는 구름의 이름으로
군더더기 없는 멸망을 지나 푸르러지는 목련의 이름으로
나는 푼돈처럼 주머니 속에 넣어둔 시를 꺼내 읽는다
누가 이 슬픔의 관객이 되겠는가

검은 시

죽은 자의 호주머니에서 열쇠를 끄집어낼 때
딱딱한 옷감에 붙들린 가지를 진저리치며 몇 번이나 놓
쳤네

집을 걸어 잠그고 흘러가는 그의 등을 보았네
그는 다시 맨발에서부터 자라리라

등 뒤에서 상복을 올려주는 서늘한 손길
비명 없는 입들, 나 진즉 저 영혼들의 의견에 귀 기울였네

눈 오는 날은 이상하지, 자꾸 검은 시에 손이 가네
늦은 가을의 문패를 떼어내고
나 꿈으로 통하는 모든 문짝에 못질을 하네

모든 열쇠는 언젠가는 녹아버리네

나비, 그 아름다운 비문非文

고봉준/ 문학평론가

1

'구름과 집 사이를 걸었다'. 박지웅의 두 번째 시집 제목인 이 짧은 문장에 그의 시에 대한 모든 것이 담겨 있다. 그의 문장들에선 언제나 짙은 상실의 흔적이 느껴진다. 그것은 "나는 문 없는 자/ 나는 주소 없는 자/ 나는 탯줄 없는 자"(「나를 스치는 자」)처럼 존재감을 확신하지 못하는 불행한 존재를 뒤따르는 빛의 이면, "어쩌면 그날 / 내게 죽음을 보는 곁눈이 생겼는지 모른다"(「올가미」)처럼 '죽음'이라는 절대적 사건에 관통당한 존재에게서 감지되는 특유의 느낌이다. "구름과 집 사이를 걸었다"라는 문장은 먼저 우리를 '구름'과 '집'의 세계로 데려간다. '구름'이란 무엇일까? 그것은 "벼랑에서 죽은 길들은 구름이 된다"(「세상의 모든 새는 헛소문이다」)라는 진술에 등장하는 끊어진 길 같은 것일까? 그렇다면 '집'이란 또 무엇일까? 그것은 "내가/ 행복했던 곳으로 가주세요"(「택시」)라고 말할 때의 원초적 공간을 가리키는 것일까, 아니면 재개발로 파괴되어 "천 개의 빈집"과 "천 개의 관"(「천 개의 빈집」)으로 전락한 '북아현동' 혹은 "산동네에 버섯처럼 붙어 있는 집들"(「그늘의 가구」) 같은 비루한 현실의 공간일까? 하지만 저 제목의 세계로 들어가는 열쇠는 '사이'이니, 구름과 집 사이를 걸어온, 아니 자신의 의지와는 상관없이 걸어야만 했던, 한 사내의 내면에 공명하는 일이 필요할 듯하다.

'사이'란 무엇일까? 그것은 무엇보다 '구름'과 '집'이 가리키는 모든 세계, 가령 움직이는 것(구름)과 움직이지 않는 것(집), 천상적인 것(구름)과 지상적인 것(집), 이상적인 것(구름)과 현실적인 것(집)의 '사이[間]'이다. 박지웅의 시는 두 세계 가운데 어디에도 뿌리내리지 못하는, 두 세계 모두에서 추방당한 가난한 영혼의 기록이다. 그러므로 '사이'란 공간이 아니라 상태, 구체적으로는 세계와 불화하는 인간의 실존적 상태에 부여된 이름이다. "새와 바람이 그린 지도를 손가락으로/ 가만히 따라가면 하늘이 어느덧 가까"(「라일락 전세」)운 세계와 "필요한 것은 지구가 아니라 방 두 칸"(「나비도 무겁다」)인 세계 사이의 시차時差는 얼마나 까마득한가.

박지웅 시의 화자들은 "내가/ 행복했던 곳"(「택시」)으로 돌아가려는 귀소歸巢의 열망을 지닌 낭만주의자이며, 그 원초적인 시간을 근거로 지금-이곳의 지배적인 가치에 맞서는 전투적 낭만주의자이며, 그럼에도 "가라앉지 않는 말"

131

(「소금쟁이」)의 가치를 신뢰하는 미학적 낭만주의자이다. 알다시피 낭만주의자적 자아의 형상은 지상의 천사, 특히 추락한 천사이다. 그는 지상과 천상이라는 두 세계에 걸쳐 있지만 사실은 그 어느 곳에도 온전히 속하지 못한다는 점에서 저주받은 천사이다. 그는 천사이기에 타락할 수 없고, 타락한 세계에 거주하고 있기에 천사라고 불릴 수 없다. 그의 목소리는 이 유예된 삶의 시간을 증언한다. 이 상실의 치욕적인 시간을 견디는 소설의 세계와 달리 박지웅의 시는 이상적 세계로의 귀환을 포기하지 않음으로써 현재를 영원히 결핍의 시간으로 만든다. 그 결핍 속에서 이 세계를 지배하는 가치들은 한낱 추문이 된다.

2

시집 『빈 손가락에 나비가 앉았다』에는 낭만주의의 세 가지 자아가 등장한다. 이것은 각각 이상적 낭만주의, 전투적 낭만주의, 미학적 낭만주의에 대응되는데, 이들을 관통하는 공통점은 분리 또는 결핍 의식이다. 박지웅 시에서 삶의 유예된 시간은 이상적인 세계, 그가 강제적으로 분리되었다고 생각하는 원초적 지점과의 '거리'에 의해 발생한다. 이 '거리'는 "내가/ 행복했던 곳"(「택시」)과 자본에 지배되는 지금-이곳 사이의 공간적 간극이기도 하고, 지금보다는 생生이 훨씬 단순했던 유년 시절과 고단한 생활인으로 살아가는 지금 사이의 시간적 간극이기도 하며, 모든 것이

조화로운 이상적 상태와 자본에 지배되는 소비사회 사이의 가치의 간극이기도 하다. 시간, 공간, 가치, 그 어느 것을 중심에 두고 읽어도 박지웅의 시에서 지금-이곳, 즉 현실 세계는 '결핍' 상태이다. 박지웅의 시는 이 '결핍'을 문학적 동력으로 삼는데, 가계家系를 중심으로 그곳-유년과 지금-성년의 세계를 대비할 때 그의 낭만주의는 이상적인 것이 되고, 생태적 질서와 자본의 도시를 대비할 때 그의 시는 비판적인 것이 된다. 그리고 사물/세계와의 만남에서 촉발되는 새로운 발견, 혹은 예술적 창작 일반에 대한 자의식을 드러낼 때 미학적인 것이 된다. 그의 시세계는 이들 세 개의 기둥이 떠받치고 있는 건축물이다.

눈발에 찍힌 손바닥이 늑대 발자국이다
나는 발 빠르게 손을 감춘다

손가락이 없으면 주먹도 없다 주먹이 없으니 팔을 뻗을 이유가 없다 한 팔로 싸우고 한 팔로 울었다 한 팔로 사랑을 붙들었다

내가 바란 것은 그런 것이 아니다
두 주먹 꼭 쥐고 이별해보는 것, 해바라기 꽃마다 뺨을 재어보는 것, 손가락 걸고 연포 바다를 걷는 것, 꽃물 든 손톱을 아껴서 깎는 것, 철봉에 매달려 흔들리는 것, 배트맨을 외치며 정의로운 소년으로 자라는 것

내 손가락은 너무 맑아서 보이지 않는다, 내 손가락은
나이를 먹지 않는다

여기서 시는 끝이다, 앞발을 쿡쿡 찍으며 늑대의 발로
썼다
아래는 일기의 한 대목이다

옷소매로 앞발을 감춘 백일 사진을 무화과나무 아래에
서 태웠다 뒤뜰로 가 간장 단지를 열고 손을 넣어보았다
손가락이 떠다니고 있었다, 고추였다, 뼈 없는
어미 자궁에 네 발의 총알로 박혀 있을 손가락들, 어미
의 검은 우주를 떠돌고 있을 나의 소행성들, 언젠가는 무
화과나무 위를 지나갈 것이다
손가락들이 유성처럼,
　　　　　　　　　　　　　—「늑대의 발을 가졌다」 전문

　화자에게는 '손가락'이 없다. '손가락'이 없기 때문에 눈밭
에 찍힌 그의 손바닥은 "늑대 발자국"을 닮았다. '손가락'이
없다는 것은 어떤 의미일까? 왜 화자에게는 '손가락'이 없을
까? 그는 현존하지 않는 손가락이 "어미 자궁에 네 발의 총
알로 박혀 있"다고 진술한다. '손가락'이 없으니 '손'은 '발'이
되고, '나'도 '늑대'가 된다. 이 변신 이야기는 흥미롭다. 이
시에서 손가락의 유무는 늑대와 인간을 가르는 문턱이다.
즉, 늑대이기 때문에 손가락이 없는 것이 아니라, 손가락이

없기 때문에 늑대인 것이다. 손가락이 없다는 것은 인간이 아니라는 의미인데, 이때의 인간과 늑대의 구분은 생물학적 차원의 문제가 아니다. 그것은 상징적인 의미에서의 '결핍'이며, 따라서 '손가락'은 인간이라면 마땅히 소유하고 있어야 할 최소 조건 같은 것이다. '손가락'이 없기 때문에 '주먹'도 없고, '주먹'이 없으니 "팔을 뻗을 이유"도 없으며, 때문에 "한 팔로 싸우고 한 팔로 울었다 한 팔로 사랑을 붙들었다"처럼 불완전한 방식으로 살아갈 수밖에 없다. 화자는 자신의 현재적 삶을 불완전한 것이라고 생각하며, 그것이 "어미 자궁에 네 발의 총알로 박혀 있을 손가락들" 때문이라고 주장한다. 이러한 시적 진술을 과학적으로 실증하는 것은 무의미하다. 여기에서 시인이 말하려는 것은 현재적 삶의 불완전함, 즉 현존이 결핍 상태라는 것이다. 그렇다면 완전한 상태란 어떤 것일까? "내가 바란 것은 그런 것이 아니다"라는 진술로 시작되는 3연의 내용이 완전한 상태를 가리킨다. 그것은 한 소년이 성장하면서 경험했음직한 평범하고 정상적인 삶의 궤적이니 화자는 자신의 성장 과정이 그러한 정상적이고 평범한 상태에 미치지 못했다고 고백하고 있는 셈이다. 추측컨대 이 시의 마지막 연의 내용은 심각한 결핍감을 껴안고 성장기를 지나온 화자가 유년의 어느 순간에 느꼈던 상처와 그것의 치유에 대한 기대를 기록한 것이리라.

(1) 나는 열 개, 볼링 핀처럼 나는 열 개, 볼링공은 굴러 오고 나는 팔다리도 없이 하얗게 서서 웃지(「스트라이크」)

(2) 먹고 먹히는 어른들의 세계는 단순해요/ 죽음의 발육이 시작되는 아귀의 동굴에서 우리는 먹으러 왔어요, 비틀거리며 서로 배 속으로 들어가요(「좀비극장」)

(3) 그는 쥐로 있다 혹은 새로 있다, 이것이면서 저것인 채 망설이다 종결된 생명의 시각지대/ 그는 궁금한 곳마다 혀를 집어넣는다 그리고 깨달은 바, 가장 비참한 것은 희망보다 오래 사는 것(「박쥐와 사각지대」)

(4) 해골가족은 애태울 일도 속 썩을 일도 없다/ 창자도 쓸개도 내놓은 덕분에 이만큼 산다(「타인의 세계」)

(5) 밥벌레들은 이제 어디로 가야 할까요/ 쌀의 자갈길을 지나 와글와글 쌀의 능선을 넘어/ 퇴직금도 없이 쫓겨나는 저 좆만 한 아비들을 보세요(「먹이의 세계」)

상실한 손가락이 "어미 자궁"에 박혀 있는 한, 엄마는, 엄마로 상징되는 세계는 시인에게 영원한 안식처가 된다. "엄마는 쥐구멍이었다/ 나 살다가 궁지에 몰리면/ 언제나 줄달음치는 곳"(「우리 엄마」) 하지만 불행하게도 시인은 현재 엄마의 세계에서 멀리 떨어진 곳에 살고 있다. 그리하여 완전 무결한 '쥐구멍'에서 분리된 시인의 화자들은 현실에서 존재감에 심각한 위협을 느낄 때마다 비인非人의 형상이 된다.

(1)에서 화자는 열 개의 '볼링 핀'이다. 여기에서 '볼링 핀'

은 "피 한 방울 없이 죽어 나자빠지는 나는 육체가 아니라 형체, 나는 나의 모형들이지"처럼 육체에 미치지 못한 물질, 때문에 외부의 힘('볼링공')에 의해 쉽고 가볍게 쓰러질 수밖에 없는 절대적인 수동적 존재를 가리킨다. '물질'은 실존의 법칙이 아니라 물리법칙의 지배를 받는다.

(2)의 화자는 '좀비'이다. 여기에서 좀비는 '유쾌한 사후 세계'에 속한다. 화자가 자신을 '좀비'라고 지칭하는 까닭은 "먹고 먹히는 어른들의 세계는 단순해요"처럼 화자가 현실을 먹고 먹히는 약육강식의 논리가 지배하는 세계라고 인식하기 때문이다. 그런데 (1)과 (2)에서 자신을 비인非人이라고 소개하는 화자의 목소리는 심각하지 않고 명랑하다. 이것은 세계를 풍자하고 조롱하려는 의도가 개입되어 있기 때문인데, '죽음'이 "감염된 슬픔"을 명랑하게 만든다는 진술은 결국 생生이 '슬픔의 시간'임을 말해준다.

(3)에서 화자는 '박쥐'로 등장한다. "그는 쥐로 있다 혹은 새로 있다, 이것이면서 저것인 채 망설이다 종결된 생명의 사각지대"라는 진술은 '박쥐'라는 존재의 정체성 그 자체이다. 그리고 "가장 비참한 것은 희망보다 오래 사는 것"과 "그는 다만 맛있는 피를 믿을 뿐이다"라는 진술은 희망에 대한 어떤 기대도 접어버린 허무주의적 태도, 그러므로 '신'을 포함한 일체의 가치 대신 오직 '맛있는 피'라는 물질적인 것에만 집중하고 살아가는 현대적인 삶의 태도를 비판한 것이다. 시인에게 희망은 "전염병"이나 "파렴치한 희망의 가면"(「라일락을 쏟았다」) 같은 것이다. 첫 시집에서 시

인은 "다시는 희망과 동침하지 않는다"(「다시는 희망과 동침하지 않는다」)라고 명시적으로 밝힌 적이 있다.

(4)에서 시인은 '타인의 세계' 즉 어떤 가족을 "해골가족"으로 변신시킨다. '해골'이란 인간이 아닌, 또는 '죽음' 이후의 삶을 의미한다. 하지만 "해골가족은 애태울 일도 속 썩을 일도 없다/ 창자도 쓸개도 내놓은 덕분에 이만큼 산다"라는 진술에서 드러나듯이 여기에서도 화자의 목소리는 반어적으로 명랑하다. 그것은 차라리 죽음 이후의 삶이 그 이전의 삶보다 좋은 게 아니냐는 반문을 함축하고 있다.

그리고 (5)에서 가족 구성원은 '밥벌레', '쌀벌레'로 등장한다. 이 시에서 "퇴직금도 없이 쫓겨나는 저 좆만 한 아비들"이나 "한 톨밖에 안 되는 그림자" 같은 진술이 함축하고 있는 것은 존재감의 상실이다. 우리는 (5)에 등장하는 '아비'와 달리 "이 집안에는 밥벌레가 너무 많아요"라는 농담을 듣고 "쌀벌레 같은 눈물을 흘리다/ 킥킥거"릴 수 없다. 재미있는 비유라고 손바닥을 부딪칠 수도 없다. 인간의 존재감은 타자의 시선의 승인을 거침으로써 발생한다. 이것은 존재감의 상실이나 그로 인한 자기 학대가 사회적인 맥락에서 시작된다는 것을 뜻한다. 박지웅의 시에서 이러한 존재감의 결핍은 종종 현실 세계의 무가치, 즉 디스토피아적인 현실감을 드러내는 통로가 된다.

3

    박지웅에게 결핍은 '예술/창작'의 기원이기도 한다. 시집의 초입에 등장하는 「심금心琴」을 살펴보자. 이 시에서 '결핍'은 "한 팔을 잃은 연주자"의 형상, 그러니까 신체적인 문제로 가시화된다. 연주자는 팔을 잃어버려 연주를 할 수 없다. 그래서 그는 잃어버린 팔을 되찾기 위해 "꿈의 꿈속까지 들어가 뒤졌다"(「심금心琴」). 왜냐하면 "만질 수 없는 것을 만지고 싶을 때/ 기댈 곳이 꿈밖에 없었"기 때문이다. 하지만 그가 꿈에서 발견하는 것은 '썩은 팔', '죽은 팔'처럼 무용無用한 것뿐이다. 이는 '꿈'이라는 판타지를 통해 실존적 결핍이 온전히 치유될 수 없다는 의미일 것이다. 하지만 "이제 숨을 불어 넣자 가늘게 소리가 눈을 떴다/ 연주자는 없는 팔로 악기를 들었다/ 불행 없이는 울리지 않는 악기가 있다"라는 마지막 진술은, '심금心琴'이 무형의 악기라는 발상에서 나온 것임에는 분명하지만, '잃어버린 팔'에 대한 간절함, 그 '불행'에서 예술이 시작을 사유하고 있다.

    이것은 '불행'과 '결핍'이 예술의 기원이라는 주장으로 읽을 수 있다. '심금心琴'은 "말할 수 없는 것"을 모아 만든 "만질 수 없는 것", 즉 비가시적인 불가능의 악기이니, 그것은 멀쩡한 두 팔, 즉 "불행" 없이는 울리지 않는다. 이때의 "말할 수 없는 것"이란, 예컨대 "슬픔은 혀가 없다/ 실은 두 갈래로 갈라진 찢긴 마음뿐이다"(「슬픔은 혀가 없다」)라고 말할 때처럼 '혀-없음' 때문에 생기는 침묵 같은 것이다. 그것은 '묵비권'이 아니라 '혀', 즉 말로 표현할 수 없는 '마음'에

가까운 것이니, 시인에게 그것은 "불행"으로 연주할 수 있
는 것이다.

신이 내게 발행한 화폐는 슬픔뿐이다
수많은 가게를 돌아다녔지만 아무것도 얻을 수 없었다
누군들 상처를 받고 싶겠는가
당신은 몇 번 위조한 흰 꽃을 내 머리에 뿌렸다
불분명한 흐린 목소리로 나는 시를 읊는다
당신이 내 목에 흰 벽을 바르고 젖은 지붕을 얹었는가
목구멍에서 시가 아니라 백골이 된 구름이 올라온다
나는 어쩌다 슬픔을 독차지하는 일자리를 얻었나
내가 그곳에서 열심히 일했다
그림자들을 더 고용해 슬픔에 구애했다
시는 쓰디쓴 생에 내는 술값이겠거니, 내가 쓰리라 했다
내가 당신의 맨 앞자리에 앉아 슬픔을 필기할 때
당신은 구름과 목련의 폐가가 있는 산마루를 가리켰다
발목에서 뒷덜미까지 아무것도 남지 않은 저 멸문을 써라
제 전부를 망치는 곳으로 가는 구름의 이름으로
군더더기 없는 멸망을 지나 푸르러지는 목련의 이름으로
나는 푼돈처럼 주머니 속에 넣어둔 시를 꺼내 읽는다
누가 이 슬픔의 관객이 되겠는가
—「구름과 목련의 폐가를 낭송하다」 전문

박지웅의 시에는 '결핍'만큼이나 '슬픔'이 많다. 또한 사물

과의 우연한 만남 이상으로 이별 장면이 자주 등장한다. 그는 '이별'이라는 사건 속에서 항상 '슬픔'의 주인공 역할을 맡는다. 그리고 이 슬픔과 이별의 감정이 삶을 위태롭게 만들 때, 박지웅의 시는 역설적으로 목소리를 풍자적으로 변조한다. 박지웅의 시에서는 풍자도 슬픔의 일종이다. 그에게 세상은 "살아서 빠져나갈 수 있다면 그것은 애초부터 삶이 아니었으리라 알면서도 속고 또다시 눈 뜨고 꿈꾸는 것이 삶이라면 삶은 정말 나쁜 버릇이다"(「야설」)라는 진술처럼 '길'이 없는 미궁과 같은 곳이다. 그는 '현실'보다 '꿈'을 더 신뢰하기 때문에 낭만주의자이다. "꿈은 나의 생가, 내가 머무르고 자란 진실한 모국/ 나의 세상에서 가장 오래된 一層"(「꿈에 단골집 하나 있다」). 인용 시에서 화자는 '슬픔'을 신이 발행한 화폐, 그러니까 운명으로 인식한다. 물론 "누군들 상처를 받고 싶겠는가"라는 화자의 말처럼 이 '슬픔'의 운명은 그가 원한 것이 아니다.

하지만 '운명'이란 의지가 도달하지 못하는 곳에서 결정되는 것, 화자는 '당신=신'으로부터 "슬픔을 독차지하는 일자리"를 얻어서 열심히 시를 썼다. 운명이 그를 시인으로 호명했고, 그 또한 운명의 호명에 응답함으로써 "가까스로 시를 지키고 있다"(「출전」). 그런데 '당신=신'이 손가락으로 가리키는 슬픔의 방위方位는 "구름과 목련의 폐가가 있는 산마루", "발목에서 뒷덜미까지 아무것도 남지 않은 저 멸문"을 향하고 있다. 우리는 저 멸문을 당한 산마루의 폐가, 구름과 목련이 있는 그곳의 구체적인 지명을 알지 못한다.

다만 박지웅의 시에서 도시는 "악몽에서 악몽으로 환승하는 지하도"(「서큐버스」)라는 표현처럼 악마적인 세계로 그려지는 반면, 희미하게나마 생태적인 흔적이 남아 있는 공간은 긍정적인 세계로 의미화된다는 사실을 지적해두는 것으로 충분할 듯하다.

물 한 방울 없이 새로운 종을 불러일으키는 것이 어디 쉬운 일이겠는가 탕, 탕 망치로 나비를 만든다 청동을 때려 그 안에 나비를 불러내는 것이다

청동은 꿈틀거리며 더 깊이 청동 속으로 파고들지만 아랑곳하지 않는다 망치는 다만 두드려 깨울 뿐이다 수없는 뼈들이 몸속에서 수없이 엎치락뒤치락한 뒤에야 하나의 생은 완전히 소멸하는 것

청동을 붙들고 있던 청동의 손아귀를 두드려 편다 청동이 되기까지 걸어온 모든 발자국과 청동이 딛고 있는 땅을 무너뜨린다

그러자면 먼저 그 몸속을 훤히 읽을 줄 알아야 한다 단단한 저편에 묻힌 심장이 따뜻해질 때까지, 금속의 몸을 벗고 더없이 가벼워져 꽃에 앉을 수 있을 때까지 청동의 뼈마디마디를 곱게 으깨고 들어가야 한다

탕, 탕

짐승처럼 출렁이던 무거운 소리까지 모두 불러내면 사
지를 비틀던 차가운 육체에 서서히 온기가 돌고 청동이
떠받치고 있던 청동의 얼굴도 잠잠하게 가라앉는다

그렇게 오랫동안 두드리면 청동은 펼쳐지고 그 깊숙한
데서 바람소리가 나기 시작한다 금속 안에 퍼지던 맥박
이 마침내 심장을 깨우는 것이다

비로소 아 비로소 한줌의 청동도 남아 있지 않은 곳에
서 한 올 한 올 핏줄이 새로 몸을 짜는 것이다 그 푸른 청
동의 무덤 위에 나비 하나 유연하게 내려앉는 것이다

―「망치와 나비」 전문

　시 쓰기에 대한 자의식은 박지웅의 시 세계를 구성하는
기둥 가운데 하나이다. 이 자의식은 두 가지 방식으로 드러
난다. 그 하나는 "일찍이 나는/ 백지보다 깊은 산을, 백지보
다 먼 바다를/ 보지 못했다"(「종이 위로 한 달이 지나갔다」),
"당신이 내 입술을 만지자 셀 수 없는 글씨들이 태어났다"
(「그 사람을 내가 산 적 있다」), "오래도록 첫 줄을 쓰지 못
했다"(「습작」)처럼 '글쓰기-행위'에 대한 것이고, 다른 하나
는 "가까스로 시를 지키고 있다"(「출전」)처럼 '시인-존재'에
대한 것이다. 「망치와 나비」 역시 예술 창작에 대한 일반론
적 사유를 담고 있다는 점에서 주목해야 할 작품이다.
　박지웅의 세 권의 시집에서 '나비'는 다양한 의미로 변주

되면서 개인적 상징의 하나로 기능한다. 시인은 그것을 자연적 대상으로서의 '나비'에서 비닐봉지의 '나비매듭'에 이르기까지 다양하게 변용하면서 소위 '나비의 시학'을 펼쳐 왔다. 인용 시에 등장하는 '나비' 또한 그 계보에 속하는데, 여기서의 '나비'는 청동을 두들겨 만든 청동 나비, 즉 금속이다. 이 시의 시적 상황은 "탕, 탕 망치로 나비를 만든다 청동을 때려 그 안에 나비를 불러내는 것이다"라는 진술에 모두 설명되어 있다. 망치로 청동을 때리는 것, 시인은 그 행위를 "하나의 생은 완전히 소멸하는 것"처럼 죽음의 과정으로 인식한다. 소멸이란 무엇인가? 그것은 "청동이 되기까지 걸어온 모든 발자국과 청동이 딛고 있는 땅을 무너뜨"리는 것이다. 청동이 지닌 자연적 속성을 모두 제거함으로써 청동이 더 이상 청동으로 존재하지 않는 상태, 시인은 그것을 소멸이라고 쓴다.

하지만 이 '소멸'은 환원 불가능한 죽음이 아니다. 그것은 파괴적인 죽음과 달리 새로운 생명으로 순환한다. 시인은 예술 작품으로서의 '나비'가 탄생하는 과정을 "두드려 깨울 뿐이다", "단단한 저편에 묻힌 심장이 따뜻해질 때까지", "금속 안에 퍼지던 맥박이 마침내 심장을 깨우는 것이다"처럼 견고한 금속에 갇혀 있던 생명이 되살아나는 과정으로 설명한다. 그리하여 "한 줌의 청동도 남아 있지 않은 곳"에서야 비로소 "나비 하나 유연하게 내려앉는 것"이다. 시인에게 예술 작품의 창작 과정이란 이처럼 죽음을 통과하여 시작되는 생명, 사물의 자연적 물성物性에 갇혀 있는 대상을 깨우는 부정의 연속적인 과정이다. 이러한 사유에 따르면 예술이란 무無에서 유有를 만드는 과정이 아니라 무無 안에 깃들어 있는 유有를 "불러내는 것"이다.

'나비'만이 아니다. "당신이 내 입술을 만지자 셀 수 없는 글씨들이 태어났다"(「그 사람을 내가 산 적 있다」)라고 말하는 것, "내 입술"을 통해 발화되는 수많은 글씨의 주인이 사실은 '당신'이라는 발상은 '창조'라는 단어의 느낌에서 얼마나 멀리 떨어져 있는가. 그래서일까. 시인은 좀처럼 '창조'라고 말하지 않는다. 대신 나비를 '불러내고', 나비가 '내려앉는다'고 쓴다. 또한 그는 "따뜻한 여러 마리 새들이 호록호록 태어나던 그 손"(「팥죽 한 그릇」)처럼 '태어난다'고 쓴다.

박지웅의 시에서 화자와 대상/세계의 관계는 지성주의적 의미에서의 '주체'와 '대상'의 관계는 아니다. 차라리 그것은 "바람이 노을을 만지자 나비들이 태어났다"(「그 사람을 내가 산 적 있다」)처럼 두 개체의 만남에서 발생하는 사건의 언어화에 가까우며, "봄은 언제나 홈런이다 / 담장 밖으로 넘어가니까"(「목련야구단」)처럼 유사성의 인식에서 시작되는 발견의 시학에 가깝다. 밀란 쿤데라가 『소설의 기술』에서 인용한 체코의 시인 얀스카첼의 말("시인은 시를 창조하는 것이 아니다. 시는 저 뒤쪽 어디에 있는 것 오래오래 전부터 그것은 거기 있었고 시인은 다만 그걸 찾아내는 것일 뿐.")처럼 박지웅에게 시는 창조만은 아니다.

4

박지웅에게 '도시'는 "악몽의 환승역"(「서큐버스」)으로 상징되는 고단한 삶의 공간이면서 "희망에 다리를 벌렸다"(「라일락을 쏟았다」)처럼 자본주의적 욕망이 지배하는 타락한 세계이다. 이 거대 도시에서 시인은 "이 우주에 나는 도래하지 않은 위치다"(「나는 나는이라는 셀카를 찍는다」)처럼 존재감을 잃고 '먼지'의 일족으로 전락한다. 그에게 도시는 디스토피아적인 부정적 세계이다. 박지웅의 많은 시편들은 이 도시적 삶에서 기원하는 고단함과 존재감의 상실을 노래하는데, 흥미롭게도 그의 시에서 도시적 감각에 근접한 시인의 목소리가 낯선 것으로 변조되는 순간, 그러니까 시의 형질 자체가 바뀌는 순간들이 있다. 그것은 도시적인 문명의 언어가 생태적인 언어로 바뀌는 변곡점에서 나타나는데, 그 낯선 목소리는 절대적으로 부정적 세계를 벗어난 세계, 시인에게 가장 긍정적인 의미로 다가오는 세계를 우리에게 펼쳐 보인다. 현실을 디스토피아로 감각하는 존재의 내면에는 끝내 놓을 수 없는 유토피아에 대한 지향이 존재하는 법이다. 이 유토피아의 시적 시제時制는 세 가지이다.

> 동지 저녁, 어미는 손바닥 비벼 새알을 낳았다
> 그것을 쇠솥에 넣고 뭉근히 팥죽을 쑤었다
> 나무 주걱 뒤로 스르르 뱀 같은 것이 뒤따르며
> 새알을 물고 붉은 성간星間 사이로 숨어들었다
> 솥 안에 처마 끝과 별과 그늘이 여닫히며 익어갔다

부뚜막 뒤를 간질이며 싸락눈 사락사락 나리고
나는 어미 곁에 나긋이 새알을 헛바닥에 품고
다시 이를 수 없는 따뜻하고 사소한 밤을 염려하였다
명주실 몰래 묶어놓을 데 없을까
뒤뜰 장독간 호리병처럼 서 있는 밤하늘을 보며
먼먼 전설에 귀를 세운 것이다
바람 드는 부엌문에 서서 공중을 두리번거리다
하얀 마침표 하나 눈동자에 떨어져 그만 놓쳐버린 집
어느 동짓날 팥죽 한 그릇 받고 사소한 것을 쓰니
대문간이며 담장이며 낮은 기와로 번지던 붉은 실핏줄들
따뜻한 여러 마리 새들이 호롤호롤 태어나던 그 손

　　　　　　　　　　　　　　　　　　　　　─「팥죽 한 그릇」 전문

　먼저 과거. 이 시는 과거의 경험을 재구성한 것이다. 과
거시제로 언어화한 유토피아, 시인은 오래전의 한때를 "다
시 이를 수 없는 따뜻하고 사소한 밤"으로 회고한다. 추운
겨울날을 배경으로 한 이 풍경 안에서 '나'와 '어미'는 상상
적인 관계를 형성하고 있다. 그것은 현실의 상징적인 질
서, 예컨대 노동, 금전적인 욕망 등이 틈입하지 못하는 완
전히 닫힌 세계이다. 이 아름답고 따뜻한 한때의 기억으로
인해 시인은 상징적인 현실을 온전한 의미의 '세계'로 수락
하지 못한다. 이 세계에는 "사람을 먹고 자라는 상상의 동
물"(「이승의 일」)이나 "말머리를 베고 말허리를 끊고 말꼬
리를 잘라/ 이 말 저 말에 갖다 붙이는 식"(「로그인」)으로

번식하는 식물이 살지 않는다. 이 상상적 세계에서 '아이' 와 '어미'의 거리는 "30㎝"(「30㎝」)이다. 한편 "별방리 밤하 늘은 비옥해 당신과 도망가 살기 좋을까"라는 진술로 시작 되는 「별방리 오로라」의 시제는 미래이다. 이 시에서 화자 는 '당신'과 도주하는 상상을 한다. 이 도주는 "햇볕 한 톨 빗방울 하나/ 다 거두어 곡식으로 키우는 양지들의 저녁" 이나 "골짜기와 봉우리에 채비 마친 꽃들,/ 밤하늘에 돛을 드리우는 별방리에서 우리"라는 구절이 암시하듯이 도시 와 문명으로부터의 도주이고, 자연적·생태적인 세계로의 도주이다. 하지만 이상적 세계로 이주하는 꿈을 포기하지 못하는 사람들은 늘 슬프게 마련이다. 박지웅의 시의 주조 主調라고 말할 수 있는 슬픔은 여기에서 기원한다.

어깨너머라는 말은 얼마나 부드러운가
아무 힘 들이지 않고 문질러보는 어깨너머라는 말
누구도 쫓아내지 않고 쫓겨나지 않는 아주 넓은 말
매달리지도 붙들지도 않고 그저 끔벅끔벅 앉아 있다
훌훌 날아가도 누구 하나 모르는 깃털 같은 말
먼먼 구름의 어깨너머 달마냥 은근한 말
어깨너머라는 말은 얼마나 은은한가
봄이 흰 눈썹으로 벗나무 어깨에 앉아 있는 말
유모차를 보드랍게 밀며 한 걸음 한 걸음
저승에 내려놓는 노인 걸음만치 느린 말
앞선 개울물 어깨너머 뒤따라 흐르는 물결의 말
풀들이 바람 따라 서로 어깨너머 춤추듯

편하게 섬기다 때로 하품처럼 떠나면 그뿐인 말

들이닥칠 일도 매섭게 마주칠 일도 없이

어깨너머는 그저 다가가 천천히 익히는 말

뒤에서 어슬렁거리다가 아주 닮아가는 말

따르지 않아도 마음결에 먼저 빚어지는 말

세상일이 다 어깨를 물려주고 받아들이는 일 아닌가

산이 산의 어깨너머로 새 한 마리 넘겨주듯

꽃이 꽃에게 제자리 내어주듯

등 내어주고 서로에게 금 긋지 않는 말

여기가 저기에게 뿌리내리는 말

이곳이 저곳에 내려앉는 가벼운 새의 말

또박또박 내리는 여름 빗방울에게 어깨 내어주듯

얼마나 글썽이는 말인가 어깨너머라는 말은

—「어깨너머라는 말은」전문

이 시는 도시적 삶의 불모성을 노래한 참혹한 서정과 다
르다. 이번 시집에 실려 있는 한 구절("이후의 세계란 그런
것이다/너머에 있는 꽃들의 말을 배웠으나 이 땅에서는 써
볼 도리가 없고 알아먹을 귀도 없는 것이다"(「이후」))을 빌
려서 표현하자면 이것은 '이후의 말'로 쓰인 시이고, 때문에
"제본할 수 없는 슬픔"(「그 영혼에 봄을 인쇄한 적 있다」)이
그렇듯이 논리를 벗어난 지점에서 발화된 것이다. "바람의
문장들"(「고래민박」)도 이와 같지 않을까. 과거와 현재, 그
러니까 상상적인 관계에 대한 추억과 기대를 함축하고 있

는 시들과 달리 이 시에서 세계의 긍정성은 '어깨너머'라는 '말'을 통해 도달된다.

일찍이 폴발레리는 이렇게 말했다. "내가 쓴 시구들은 나름의 의미를 가지고 있다. 하지만 내가 부여한 의미는 오로지 내게만 해당할 뿐, 다른 이들에게도 동일한 느낌을 주는 것은 아니다. 모든 시가 작가의 생각과 일치하는 진정하고 유일한 단 하나의 의미만 갖는다고 생각하는 것은 시의 본질에 반反하는 오류이며, 이런 오류는 치명적일 수도 있다." 「매혹」이라는 시의 주석에 쓰인 이 진술은 시어가 단어에 마음을 빼앗긴 순간, 즉 매혹의 느낌에서 발화된다는 것을 말해준다.

다시 인용 시를 보자. 이 시의 화자 역시 '어깨너머'라는 말에 매혹된 상태인 듯하다. 사실 이 시에서 화자가 들려주는 '어깨너머'에 대한 지극히 주관적인 감각을 고스란히 이해하는 것은 불가능하다. 그것은 '어깨너머'라는 단어가 사전적인 의미로 사용된 도구-언어가 아니라 화자의 주관과 감각, 그러니까 특정한 순간과 상황 속에서 감각되는 정서적인 표현의 일부이기 때문이다. 이것은 '정보'나 '의미'의 차원에서 설명될 수 없는, 언어를 대하는 시의 고유한 특징이기도 하다. 시가 '소통'을 목표로 하지 않는 것은 거기에 쓰인 언어가 의미나 정보의 전달을 위해 동원된 수단이 아니기 때문이다. 시의 언어가 원하는 것은 화자와 독자 사이의 교감 또는 공명이니, 이것은 정서적인 울림이지 논리적인 이해가 아니다. 그리하여 '어깨너머'에 대해 우리가 가늠

할 수 있는 것은 그것이 타인의 시선으로부터 완전히 단절되지 않은, 타인의 접근이나 개입에 열려 있는 어떤 상태를 연상시킨다는 정도이다. 동시에 "꽃이 꽃에게 제자리 내어주듯/ 등 내어주고 서로에게 금 긋지 않는 말"이라는 이 말이 화자에게는 이상적인 상태, 돌아갈 수 없는 과거나 도래의 가능성이 희박한 미래와 구분되는 현재에 속하는 상태라고 말할 수 있을 듯하다. 언어에 대한 이 섬세한 감각이 비문非文으로, 그것도 아름다운 비문으로 표현되는 것이 우리가 시詩라고 부르는 것이 아닐까. "문법 밖에서 율동하는 필체/ 나비는 아름다운 비문임을 깨닫는다"(「나비를 읽는 법」,『구름과 집 사이를 걸었다』).

현대시세계 시인선 102
빈 손가락에 나비가 앉았다

지은이_ 박지웅
펴낸이_ 조현석
기 획_ 백인덕, 고영, 박후기
펴낸곳_ 북인
디자인_ 푸른영토

1판 1쇄_ 2019년 09월 10일
출판등록번호_ 313 - 2004 - 000111
주소_ 121 - 842 서울 마포구 서교동 467 - 4, 301호
전화_ 02 - 323 - 7767
팩스_ 02 - 323 - 7845

ISBN 979-11-87413-56-1   03810
ⓒ 박지웅, 2019

이 도서의 국립중앙도서관 출판예정도서목록(CIP)은 서지정보유통지원시스템
홈페이지(http://seoji.nl.go.kr)와 국가자료종합목록시스템(http://www.nl.go.kr/
kolisnet)에서 이용하실 수 있습니다. (CIP제어번호 : CIP2019033806)